U0916467

匿名区+1

匿名用户 著

江苏凤凰文艺出版社
JIANGSU PHOENIX LITERATURE AND
ART PUBLISHING, LTD

图书在版编目（CIP）数据

匿名区+1 / 匿名用户著. — 南京：江苏凤凰文艺出版社，2019.10

ISBN 978-7-5594-4030-3

Ⅰ.①匿… Ⅱ.①匿… Ⅲ.①故事－作品集－中国－当代 Ⅳ.①I247.81

中国版本图书馆CIP数据核字（2019）第210526号

书　　名　匿名区+1

著　　者　匿名用户
责任编辑　孙金荣
监　　制　刘三叔
特约编辑　易家成
策划编辑　王　岚　史曼菲
责任校对　孔智敏
出版统筹　孙小野
封面设计　八牛·设计 34508448@QQ.com ONEW DESIGN STUDIO
出版发行　江苏凤凰文艺出版社
出版社地址　南京市中央路165号，邮编：210009
出版社网址　http://www.jswenyi.com
印　　刷　三河市金元印装有限公司
开　　本　880毫米×1230毫米　1/32
印　　张　9
字　　数　120千字
版　　次　2019年10月第1版　2019年10月第1次印刷
标准书号　ISBN 978-7-5594-4030-3
定　　价　45.00元

目录
CONTENTS

ANONYMITY

—— 我再也不想听见任何人任何形式的对不起，我想被对得起。

—— 世间最好的默契，并非有人懂你的言外之意，而是有人懂你的欲言又止。

—— 大爷您都 80 多了，还叫老伴“亲爱的”，是怎么做到的？

—— 别提了，前几年我把她名字忘了……

ANONYMITY

←

—— 我再也不想听见任何人任何形式的对不起，我想被对得起。

—— 我再也不想听见任何人任何形式的对不起，我想被对得起。

边境线上的中国军人

撤下来的那一刻，整个营地没有欢庆的气氛，也没有任何的庆祝活动。黑云压城、大战将近的气氛散去，留下的只有无尽的落寞和肃杀。

回望人生 20 多年来的奇妙经历，邻居家得了狂犬病的大狗、毒瘾发作街头抢劫的混混、野泳遇到的死尸、半夜在公墓的迷路遭遇以及深山探险遇到的野猪等情况，好像都没有吓到过我。我从小便是一个胆子特别大的人。

要说被吓得最惨的一次经历，这 20 多年来好像只有那么一次。

2017 年 6 月，中国西藏洞朗地区，中印边境对峙，我是亲历者。

那时我们是整个中国离战争，也是离死亡最近的一群人。我承认，那一次，我被吓到了。

2017年6月，中印爆发边境对峙。那一次，我和我的兄弟，怕是很怕，屃却没屃。

记得那天晚饭后，全连突然紧急集合，分发裹尸袋、实弹和各种物资。拿到实弹和裹尸袋的时候，我脑子里一下全蒙了。正在回味比平日丰盛太多的晚饭的我，突然明白了一下子让我们吃得那么好的原因——战争已经近在咫尺。

我拿着东西，一脸茫然地问我的老班长这是怎么了，平常嫌弃我“屁话多”，总是爱踢我屁股的班长这次什么都没有说，只是从抽屉里拿出最好的那盒烟，破天荒地给我们这群新兵和二年兵散了一圈烟，还问我们要不要第二根。

分发完东西后，全连都去了电视房开情况通报会，指导员站在讲台上跟大家说了一大堆“闻战则喜、忘战必危”之类的话，但是当时谁都看得出来他是在故意营造一种很轻松的氛围。因为不管是讲的人还是听的人，都没有心情去思考或者消化他到底讲了什么。

算起来，指导员比我们也大不了多少，也不过是个刚从军官学院毕业几年的大学生，只是当时那种情况下，他必须扛起来那个担子。

指导员说完之后就是连长来做讲话和安排。连长是从士兵提干上来的粗人，对这些事情倒是看得很淡，只是跟我们说了一下，穿上这身衣服这一天迟早会到来，叫我们不要有太大的心理负担，认真准备就好了，真到了那天谁也跑不掉，我们不上还能谁上？说完这些话，他就提前散会让我们回去做准备工作了。

回营房之后，排长让我们先把武器和子弹衣之类的装备放在一起，今天就不入库了，然后抓了我出公差看着全排的装备。其他人轮流洗澡、剃头、写遗书，不然到最后都和家里没个交代。裹尸袋那个东西，连里最开始说要收上去统一保管，结果后来又传下话来说发放到班排，由班长统一掌管什么的，不过还好最后一个也没有用上。

等排里的人准备工作弄了一半的时候，排长的事情都处理完了，于是他就来替换我，让我去做准备工作。

轮到我剃头的时候，班长和排里几个剃头技术好的老士官都在写遗书或者做其他重要的事情，就只有同年兵里面的老八（新兵连就一个班，然后班长也给我们俩带到了一个班）写好了没事干，于是在旁边自告奋勇要给我剃头。我觉得他给我剃头不怎么靠谱，就不让他给我剃，结果他就一直在旁边叨叨，说什么他是美院毕业的，有艺术细胞，给我剃头这事儿铁定靠谱，能给我弄好，叫我别担心。最后没办法，只好告诉他用那个三毫米的“头子”，给我留个三毫米出来。

结果果不其然，这货不靠谱，一下子左边挖缺了，一下子右边整秃噜了，最后左修右修给我整成了光头。班长看到我的新发型嘲笑我，我也没办法说什么，只好告诉他我是故意让老八给我整这么短的，剃这么短是有大智慧的——万一被弹片爆了头，手术什么的特方便。

班长听了这话也就不嘲笑我了，半小时之后，班里的人基本都是光头了。

剃完头就是写遗书，现在让我想我遗书到底写了什么内容，我还真想不起来了，只记得我在遗书的最后写了一句《戴安澜将军》一书里面的话作为结尾，告诉家人不必太过担心。

那句话是："为国战死，事极光荣。"

不过班里四哥的遗书内容我倒是记得挺清楚，因为他好多字不会写，让我帮忙写字的时候我看了好几遍，后来班长让我检查班里人写的东西里面有没有什么不能写的内容时，我又看了两遍。我看了好几遍的后果是，四哥从此在排里多了一个"厂长"的称号，因为他遗书的开头是："爸爸、妈妈、爷爷、奶奶、外婆和妹妹：我可能在西藏不回去了，家里的厂以后就不要指望我回去继承了（其实就是村头的一个小榨油作坊），厂里的事情以后就慢慢给妹妹拿主意（就是榨油那点破事）……"现在想起来，又好笑又心酸。

这些工作弄好以后，大家就开始整理装备。班长告诉我们，弹匣别像平时一样压满，这次压 15~20 发就够了，万一到时候出了什么问题可以及时排险，别因为一点小毛病到时候就把命丢掉了，这次和平常打演习什么的不一样，到时候上去了，怎么舒服怎么来，别让自己不舒坦。

这个时候我想起来告诉班长，我们应该把迷彩服内裤标签上写的那些名字再写一遍，不然天天洗都掉色了，到时候血一染分不出来怎么办。班长听了这个话让我滚，不过后来他先悄悄去找了排长，又一起去找了指导员，晚上的时候每个班发了一块不知道从哪里弄来的、印了所有人血型、名字的布，还发通知说让我们把自己的名字剪下来，都缝在衣服裤子上。

所有当天晚上的准备工作做好以后，班长就让班副去仓库把我们班放在里面的真空兔头、烧鸡之类的东西拿出来啃了。在成都那六个月觉得这些东西是人间美味的我，那个时候啃那些东西却都感觉没了味道。吃着吃着，我告诉班长我想喝点酒，班长这时候又恢复了喜欢踢我屁股的本性，踢了我的屁股然后骂我："现在上面禁酒令这么严谁敢喝酒？现在不让我们喝酒还好，要是真到了让我们喝酒的时候你敢喝那个酒？喝了你他妈的估计也就回不了家了。"那种酒叫壮行酒，满饮此杯沙场去，从此青山埋忠骨。

从那天晚上开始，所有人都开始全副武装睡觉。但是第一天晚上，我却翻来覆去地睡不着，那天晚上是真的被吓惨了，从来没有想过自己会离战争这么近。躺在床上的时候，我仿佛觉得自己昨天还是那个在大学校园里游戏人生的大男孩，想不明白今天怎么就要和电视上一样上战场了？

不仅我睡不着，班里其他人也都睡不着，后来到半夜没办法，班长只好起来给我们讲故事。他说 20 世纪 90 年代的时候，隔壁单位去边境巡逻，结果晚上的时候有个兵拉肚子疼得受不了，就跑到营地外面找了个背风的地儿拉肚子。结果，月黑风高的，又在边境线上，一不留神跑到了对面的地盘，正在酣畅淋漓的时候被对面的人发现，以为是过去侦察的，被一枪爆了头，最后还是这边的人过去把尸体领回来的。我们再不济也不是拉屎被打死的，到时候总会捞个什么烈士、什么英雄的吧？说完这些话，班长一个人开始干笑，笑着笑着，整个班都开始跟他一起干笑，只是那笑到最后的声音我现在怎么想都觉得有点瘆人。

那天晚上一夜无眠，我躺在床上想了很多东西，思绪从两年前充满青春荷尔蒙气息的大学校园飘到了而今万里之外的祖国边关，从英国的女朋友身上飘到了在家里没事就打麻将的妈妈身边，从那个穿着 T 恤、球鞋跑在操场上的大男孩身上，飘到了那个穿着橄榄绿拿着钢枪的自己身上……

其实我似乎命里就注定和西藏那块“雪域佛国”，和当时那块战火一触即发的边境国土有着密不可分的联系。当时我身边的所有人都不知道（到现在他们也都不知道），那时那一小块我们即将出发保卫的神圣领土其实我在两年前就去过，那片地方也是我之所以在大学学业完成之后就脱下学士服，换上战时裳的缘起之地。

两年前我去过那块我们如今即将开拔前往的土地，只是那时候的我还是一个刚刚完成毕业论文、等待答辩的大四学生，在学校百无聊赖之际接受高中西藏班的同学邀请，到他家做客顺便去雪域高原净化心灵。我们一路从青海进藏，寻名山、访佛寺，前往他在日喀则边境地区的家。在路过青海一个寺庙的时候，我们正好遇到一位活佛在给朝圣的牧民灌顶，等牧民们都灌顶完成之后，我上去和那位活佛聊天，奇怪的是，活佛的那些跟班都没有阻拦我接近活佛。

后来我朋友问他们原因，他们说活佛事先交代过，今天灌顶完之后会有几个外地人过来，如果要见他的话不要阻拦。现在想起来，活佛在那么偏僻的一个庙都还能算到我们会去那儿玩，还真是神奇。

和那位活佛聊了几句汉藏佛教区别之后（我大学时期喜欢看一些关于宗教的书），我让活佛也给我“开个光”什么的，但是活佛说没那个必要，我是和高原有缘分的人，注定是要在高原待两年的，他“开光”也开不到我头上，我在高原上没什么危险，以后不要担心。最后活佛还送了我一个玛瑙的吊坠，现在也不知道被我丢哪里去了。

同学家就在日喀则的中印边境地区，离洞朗不远。到他家玩了几天之后，我就找了个时间往边境地区徒步，想去看看边境长什么样子。结果走了两个小时之后，成功地遇到了正在边境巡逻的人民子弟兵，然后成功地和他们进行了军民鱼水情的深度友好交流，并成功享受了一把被当间谍、扣押查证的“超国民待遇”。

当时扣押我的班长满脸横肉，一脸凶相地粗暴盘问我的籍贯、姓名以及来这里的目的，一年多以后，我还在某个集训场合看到他站在训练场上被领导骂得狗血淋头。扣押事件的结局就是，我同学来领我没领走，部队那边要学校开证明之类的东西过来，后来还是同学找了在当地部队服役的军官叔叔才把我捞出来带走。

那次被扣押，我记得最清楚的就是那个满脸横肉的班长走的时候对我说的话："这里是中国领土，是人民子弟兵保卫的领土，但是这地方人民一般不会来，只有子弟兵几十年如一日地在这个地方待着。你一个大学生人民，没事跑到这边来干什么？不是搞间谍就是给我们惹麻烦，莫怪大哥我对你态度不好。你要是想我们对你态度好，就不要上来给我们添麻烦，你看你今天给我们惹好多事情嘛，你龟儿要是真的想上来，就和我们一样穿个军装上来撒，那句话说得好——头顶国徽，顶天立地嘛。"

扣押事件和那个班长的一席话燃起了我心中的从军梦想，"头顶国徽，顶天立地"，多么伟大的八个字啊！我也要去当兵，哪个男生还没个军旅梦呢！许三多那种憨子都能去当兵，凭什么我不能？我就是要穿上军装堂堂正正走一遭祖国的山河大海，好好做一回保家卫国的男子汉！

在导师"再待在墨脱净化心灵不回学校，错过答辩六月就毕不了业"的威胁之下，我在回学校完成答辩的第二天，就走到学校的人武部进行了应征报名。经过两个多月的各种程序之后，我穿上了军装，并机缘巧合地被分配到了西南地区某集团军，也就有了两年后被吓得最惨的那次经历。

不过也就是怕了那一晚上，第二天早上起床集合的时候，我基本都想明白了。不仅是因为两年前活佛神秘的一番话，更是对自己身上那身衣服的自信——我们不上就没人上了，我们㞞了中国就㞞了，我们怕了国家就完了。

班长在我入伍的第一天晚上就告诉过我："穿上这身衣服之前你还可以是个男孩，但是穿上这身衣服之后你就是个男人了，是保家卫国、立地顶天的男人。你为别人站了两年岗，有人会为你站一辈子岗。"

吃完早饭过后就看到一排排军卡往最前面开，后来知道是从西南某重镇紧急调运的裹尸袋和物资。那段时间，所有进藏的官方运输工具都加挂了这些物资，每天数班，从未停歇。

事情发展到最后也就没了最开始的波澜壮阔，日复一日的紧张战备到最后似乎也没了什么紧张的气氛，只有山那边的印度兵以及每天的情况通报能让人感受到战争的迫近。

而今我最庆幸的是，当时以及现在我们都拥有一个强大的祖国，拥有一支有着光荣传统和辉煌战绩的军队（而我曾经是其中一员）。她强大到能让我们这些在祖国最偏僻边关的军人，都能感受到祖国母亲在背后的巨大支持；她辉煌到能让我们可以因自信我们是这个世界上最强大陆军的一员，而成为一名不曾畏惧、忠诚勇敢的中国人民解放军军人，她的光辉战绩以及每天源源不断开上来的战友、送上来的物资，成为我们这些个体抱起团来和山对面的南亚霸主正面对抗的底气。

在那个时刻，我们这些平常可能游手好闲的“败类”，可能在家里无法无天、和父母整天吵架叛逆的坏孩子，可能文化程度不高、说话粗俗不中听的“糙汉”，都因为对祖国无比的自信和忠诚，对人民军队无限的自豪和骄傲，对这个国家、这些人民的深深挚爱和保护欲，爆发出了无穷的勇气和毅力。

平常一到训练时间就找理由溜号的兄弟每天都准时在位，当文书的新兵也每天向老兵请教战术技能，喜欢混日子的副连天天半夜陪着兄弟们站岗……

当时我们所有人都相信，只要打起来，我们一定能消灭入侵的敌人，能保卫我们伟大祖国的领土和主权完整。哪怕我们倒下了，还有 200 万同生共死的战友站在我们身后，战友们倒下了，我们的背后还有近 14 亿支持我们的人民。我们可能会牺牲，但是中国一定会站起来。

万幸的是，到了最后，战争并未打响，敌方尿了。

撤下来的那一刻，整个营地没有欢庆的气氛，也没有任何的庆祝活动。黑云压城、大战将近的气氛散去，留下的只有无尽的落寞和肃杀。说不清楚那个时候每个人心里都想着什么，可能做父亲的还是只能做个陪不了孩子的坏父亲，做儿子的也仍然想和父母叛逆，之前对军旅生活无比排斥的人，心中的厌恶再次升腾……每个人都从思想上将自己从战争机器中解放出来，但是都不明白他们自己所解放的到底是什么，他们自己经历了这件事还能想些什么。个体在那一刻的卑微与无能尽显，只余下千秋以来“白骨黄沙田”的感慨。

现在是凌晨五点半，我已经写到了最后，然而回忆起那一段青春的峥嵘岁月，回忆起我的班长、我的战友，回忆起被吓得最惨的那一次经历，我的内心还是久久不能平静。

可惜的是，我现在已心潮澎湃，无以言表。“便纵有千种风情，更与何人说？”

思来想去，我还是决定把张自忠将军以身殉国前所作的遗书贴出，将军于国家危亡之际所作文章，不论党派，尽显爱国军人风采，也足表我辈青年保家卫国、舍身从戎之决心意志，更将此刻我心中潮涌完整表达，他事不论，此文足称。

告所部各将领：

看最近之情况，敌人或再来碰一下钉子，只要敌来犯，兄即到河东与弟等共同去牺牲。

国家到了如此地步，除我等为其死，毫无其它办法。更相信，只要我等能本此决心，我们国家及我五千年历史之民族，决不致亡于区区三岛倭奴之手。为国家民族死之决心，海不清，石不烂，决不半点改变。愿与诸弟共勉之。

—— 我再也不想听见任何人任何形式的对不起，我想被对得起。

我出生的秘密

以前笑着和朋友调侃，我的生活都可以拍成连续剧了，以后有钱了一定请个作家帮我写成剧本。

10 岁那年，舅舅喝醉了酒，告诉我，我原本有个名字，叫谢梦蝶。

我偷偷记下，回去问外婆是不是真有这事，外婆说舅舅喝醉了。

12 岁那年，舅舅与舅妈闹离婚，舅妈在客厅和外婆哭诉，说他以前的事她都知道，包括 YZ 的事。

哦，对了，我的名字叫谢 YZ，随母姓谢，父姓 Y，父亲取名加个 Z。

从小到大，我一直认为自己的名字很特殊，对外介绍时都会尤为骄傲。别人问起来为什么和妈妈姓时，统一回答："因为我还有个哥哥，随父姓，我是女生就随妈妈姓。"

17 岁那年我上大学，因抑郁休学在家。一天，我无聊地上着网，QQ 弹出了一个好友添加消息，备注消息写着："小时候我抱着你，希望你快快长大；现在你长大了，我却不能再见你。"我通过了好友申请，对方发来一张出生证明，上面写着"姓名：谢梦蝶"，母亲姓名一栏是个我没见过的名字，父亲姓名是我舅舅的名字。

世界上有些电视剧就是生活，只是我刚好碰到了而已。

其实我一直想把自己的故事写下来。以前笑着和朋友调侃，我的生活都可以拍成连续剧了，以后有钱了一定请个作家帮我写成剧本。

无奈一直没钱。

这是我第一次在网上把这些事大大方方地说给陌生人听。

关于大家有点理不清的关系，实际是这样的：我的生父是我从小称其为"舅舅"的那个人，户口本上的父母本应是我的姑姑与姑父，从小带大我的外公外婆其实是爷爷奶奶。

好吧，有点绕。

加我 QQ 好友的人，正是我的生母。有人说，她生了我却没养我，为何又要回来打扰我的生活？这点我也想过不止一次。我想是血缘里的难以割舍吧。都说孩子是母亲身上掉下来的一块肉，虽然我没生过孩子，但我也试过去理解她，并尊重她的这份权利。只是她选择的时机不对，那时我正处于抑郁初期，她的出现除了让我有些措手不及外，也使得两个家庭的矛盾在她回来以后升级。她希望见我，我拒绝了。

为了保守这个秘密，我的家庭付出了太多，她的出现无故给他们带来了气愤与不安（当年两家十分不和，闹得很僵）。可当时的我仅仅靠药物维持正常情绪就已经很困难了，面对两边的压力，我只好选择了离家出走。说离家出走也并不是真的离家——我偷走了家里一间没人住的房子的钥匙，带着 100 元钱，在那独自生活了一个月。

那一个月是我黑暗的一个月。因为没有钱，我找了份兼职，却遇到了老板的“咸猪手”和各种语言猥亵。同样因为没有钱，每天就只能吃饱一餐。最大的问题是，我没有钱继续吃药，病情也开始无法控制。你们肯定会问我为什么不回去或者找家人，可能是青春期的叛逆吧，也可能是我以为他们会来找我，同时也因为心里的不甘。他们一致认为我会答应跟亲生母亲见面，甚至认她、接纳她，所以那段时间里一直在争吵、互相责骂，气愤让他们忘了考虑我的感受。

对于当年谁抚养我的事情，后来双方各有说辞。我外婆（其实是奶奶，下同）告诉我，当年我还在亲生母亲肚子里时她就和我父亲离婚了，她生下我时家里只有小姨（我养母的妹妹）去了医院。

回来后外婆只问了一件事："孩子的皮肤白吗？"（我的生母皮肤偏黑，父亲家皮肤都比较白，老人家迷信思想较重，知道我皮肤偏白后就打心底认为我是谢家人。）后来，生母托朋友把还在哺乳期的我送到父亲家，说她无力抚养我。外婆便给了她两个选择：一是每月付一定的生活抚养费，就让她定期见我；二是不出钱的话，是好是坏这辈子都不要来打扰我。

她选择了后者。

当年他俩都很年轻，也是因为太年轻，才如此匆忙就决定了我的出生吧。外婆说当时生母把我送回后，由于没有母乳喂养，加上她之前照顾不周，我的肚脐有着严重的溃烂。外婆到处求医生给我敷药才消除了炎症，不过这也导致我现在的肚脐和正常人的不一样。后来外婆考虑到舅舅还年轻，以后终究要再成家，带着一个孩子着实不便，一大家子商量后便让我成了姑姑姑父的第二个孩子。这也就是我名字的由来。

与生母见面这件事在我离家出走回家后算暂告一段落，因为一个月的停药，我病情加重，转到上海治疗，就再无心去纠结这些了。只是偶尔在 QQ 上回复她的关心，算作礼貌。

后来我身体好转复学，独自在外租房熬夜刷刷时，收到了一些长辈的 QQ 好友申请，是她找来的，通过后都是在与我解释当年把我送回的情况。和我家人说的版本不太一样，他们说我是被我家抢回去的。

当晚，我情绪再一次崩溃，心里第一次对她有了恨意。也说不上恨吧，就是一种难受的感觉。我无法决定自己的出生，两个成年人的过错，为什么让我来承担？然后我在 QQ 上找到她，和她说明不要再来找我，也不要让任何人再联系我解释当年的情况。我对她说："你第一次找我时问我恨不恨你，我说不恨，是真的不恨；但现在我真的恨，恨自己的出生就这样被你们随随便便决定了。"

小时候关于自己身世的问题，我其实是有怀疑的。家人保护我保护得很好，第一次在邻居家玩的时候，邻居家的孩子笑着指着我说，她爸爸妈妈说我不是我爸妈的孩子。那是我第一次因为这个事哭，我说她骗人，但那时毕竟还小又内向，哭完自然也就过去了。

后来就是经常有叔叔阿姨笑着对我说："你长得真像你舅舅。"我爸妈就说："毕竟是一家人，怎么会不像呢？"

我从小就很敏感，所以这些我都有印象，但我从未向家人开口去求证过，因为我不希望那是真的。我舅舅，也就是我的亲生父亲，性格很暴躁，从小对我很严格。我虽生活在外公外婆家，但每次听到他回家的声音都十分害怕，自然不希望自己是他的孩子，同时也觉得这么狗血的事情怎么会刚好发生在我身上。

生母不止一次提出过要和我见面，我都拒绝了。至于物质方面的关心，前几年都被我拒绝了，这几年偶尔有接受和回赠。今年过年的时候我和她第一次见面，一起吃了顿饭，临走前她抱了抱我，对我说，这些年对不起你。

我呢，想去理解所有人，也试过去理解所有人，但并不容易，放过别人总没有放过自己来得有用。

谢谢你看完我的故事。

故事未完，有机会再续。

后续：

关于我的成长，我想说明的是，我既不是养父母带大的，也不是生父带大的。我从出生后就与外公外婆（实际是爷爷奶奶）一起生活，他们更像是我的父母，负责我的衣食起居。为了更好地照顾我，外婆放弃了几十年的生意，像全职妈妈一般，每日的生活都围着我转。幼儿园、小学，甚至后来离家只有 5 分钟路程的初中，她都坚持接送我。她文化水平不高，但爱看书读报，了解了很多社会的不安全事件，所以对我更为不放心。她知道读书的重要性，坚持读书是走出小城市唯一的方法的理念，对我的学习抓得很紧。外公是大学生出身，主要负责工作养家，他喜欢摄影，给我照了满满一木箱子的照片。在我的成长里，他们俩更像是一个负责管教，一个负责宠爱。

我的养父母住在离我外公外婆家不远的地方，在我小时候，中午大家都会回来吃饭。外婆一个人烧饭又带我，很是辛苦，落下了咽喉炎的毛病，到现在都没法闻一点儿油烟的味道。我哥哥随我的养父母一起生活，小时候对我这个妹妹也很宠爱，只是后来大了，我们都变成了双方“练武”的对象。

我和养父母一起住的时间少之又少，只在每年过年的时候，他们会问我要不要去他们那里住。去过一两次，都像做客一般地不自在，我也就不再去了。也有我和外公外婆养成了老年人作息习惯的原因在里面，和他们住不太习惯。养父母和生父都会承担我的学费、衣服等支出，外公工资不低，也全都花在了我身上。所以，可以说外公外婆为了我，付出了他们的所有。

这么来看，我一直都被两个甚至三个家庭宠爱着、保护着，应该会很幸福地长大。但对真相的怀疑，加上无法融入养父母家庭的感受，令我在每次聚餐看着他们与自己孩子那样亲密无间时，总有一种格格不入的感觉。隔阂也罢，被抛弃感也罢，终究是有影响的。

前面说了，舅舅性格暴躁，对我很严厉。印象中他很讨厌小孩哭，小时候有回我被他凶哭了，还被拎去厕所关了禁闭。大概在我小学的时候舅舅找了我现在的舅妈，舅妈对我一直很好，后来有了自己的女儿也没有改变。

大二休学正好碰上家里装修，我与外公外婆便一起住进了养父母家，正巧那个阶段，妈妈（就是养母，说养母太不习惯了，我还是叫爸爸妈妈吧）处于更年期，我们又从没一起生活过，经常吵架。也许生母来找我的事她知道后也无法接受，所以脾气更为敏感，几次说出伤人的话，这也是我离家出走的原因。爸爸是警察，印象中高瘦英俊、不善言辞，对我更多的是学习上的关心。我们很少沟通，大学时我偶尔会和他聊聊生活的烦恼，抑郁后他一直带我看医生并开导我。

我印象中有件事记得很深。大一第一个月，很少联系我的他给我打了个电话，和我说，听说我妈妈每个月给我 800 块生活费，下个月开始会打 1000 块，你和哥哥要一样，都是 1000 块。所以我对他，除了感激，说尊敬再合适不过了。

生母回来找我后，我第一件事就是想把这么多年的疑问解开。我问她："这么多年你在哪儿？也和我在一个城市吗？我一直以为你至少是在很远的外地才会这么久不出现。"答案是很伤人的，她就在这个城市，甚至她有段时间开的店就在我学校的旁边。她看着我上下学，就远远地看着，我却从来不知道她长什么样子。

很多人评论说，我要好好对养父母，也要好好地向前看，我都明白。以前我做过伤害自己的事，认为自己就这样被生活抛弃了。但后来有个男孩出现，教会我一些事，让我明白我不能这么自私，我还有外公外婆，为了他们我也要好好活着，努力更好地活着。还有我想说，我现在的状态就很好，我考虑他们的感受，但同时更照顾自己的感受。我不会做伤害别人的事，也更珍惜来之不易的幸福。生活告诉我，有失去就有得到，虽然它们不一定永远对等。

—— 我再也不想听见任何人任何形式的对不起，我想被对得起。

爱过你，我不后悔

我问他："如果今天来找你的不是我，而是那个你很喜欢的姑娘，你是不是也会像对我一样这么对她？"
他想了想说："也许吧。"

是我主动去见他的。

我们分手 4 年了，那天我在网吧翻看自己的说说，看到很多以前我们在一起的时候发的，很甜。我忍了又忍，最终没忍住，还是打开了他的 QQ 聊天窗口。

我问他："晚上要不要一起吃饭？"

他很诧异。他在南京，我在杭州。

他问我："什么意思？"

我就说："你直接回答要不要一起吃。"

他过了一会，回答说："要。"

我想他可能也纠结了一下吧……

他说要。

我飞速下机，回家换衣服，收拾包，买票，飞奔车站，赶最近的一班车。

然而，当我气喘吁吁地到了车站时，还是误车了，差了两分钟。

然后立马去人工窗口改签，改到下一班。

一直到上了车，心还在怦怦地跳，很紧张……

一路上我们都在 QQ 上有一搭没一搭地聊，瞎聊。

就一个半小时的车程，他提前一个小时就到了车站等我。

下了车后，我过安检出站，整个人都紧张和兴奋到了极点。

出站后没看到他。我正准备发消息问他在哪儿，然后他站在我身后拉了我一下。

他那天穿了白色的 T 恤、白色的衬衣、黑色的工装裤。

他很白，皮肤很好。

比当年帅多了。

然后我们就一起出站，为了缓解尴尬，我说："你吃饭没？去吃饭吧……"

从头到尾没看他一眼，我也不知道他有没有看我。

两个人都挺不好意思。

后来坐地铁，有两个空位置。我本来想挨着坐一块的，结果他毫无此意，我尴尬地坐到了对面的空位置，我们就成了斜对角坐着。

我也不敢看他，但是，我从对面的玻璃反光里看到他在看我！也许，他也知道我在透过玻璃看他吧。

我悄悄地拿出手机，假装玩手机，实际上是拍他。

结果被他发现了！我很不好意思地抿着嘴笑了，他也笑了。两个人都不说话，就是抿着嘴憋笑。

于是我发 QQ 消息给他，把刚才偷拍的照片发给他，他说："哈哈，我知道你在拍我。"

我们去了夫子庙。

那条街上有一个失恋博物馆，我想进去看看，他说别看了吧。

我们就走了。

可能，我们都在逃避些什么吧。

中途我看到有卖酸奶的，15 元一瓶。我就让他买了一瓶。我递给他尝了一口，他说："没什么好喝的，跟我们每天工作喝的酸奶一样。"

我说："那怎么能一样？肯定不一样啊。"

他问："怎么不一样？"

我说："你们公司的我没舔过，这个酸奶有我的味道。"

他就嘻嘻嘻地笑了。那是我很久很久都没有见到的笑容。

一路上，我试图去牵他的手，他也没有抗拒，但也没有很主动，就是松松垮垮地拉着。我感觉他可能也不适应，所以也没有强求拉手。

后来去吃火锅，某连锁品牌火锅，真难吃。

吃饭的时候就不免聊起这几年的事来。

其中有段对话，我到现在都记忆深刻。

我问："你没想过结婚啊？"

他说："想过。"

我问："什么时候？"

他说："和你在一起的时候。"

我听完觉得，嗯，一切都值得了。

他在我之后陆续谈过两个，最后一个是他很喜欢很喜欢的人，结果那个女生"绿"了他。

吃完火锅出来，在路上，碰到一个卖水果的，他买了荔枝。

我不知道他是自己想吃，还是他还记得我爱吃荔枝，总之买了。我当作他记得我爱吃，这样会比较开心。

后来我们坐地铁去酒店，我自己订了酒店房间。出了地铁后，我就唠唠叨叨地说话。

到了酒店，我问他："你回去吗？"

他说："你想不想让我回去？"

……

我们都自觉地没再说话。

我躺在床上，外面楼下是夜宵烧烤摊，传来嚷嚷声和啤酒瓶碰撞声。

他躺在我旁边，我们都没说话。

突然他把胳膊伸过来，一把把我搂在了怀里，吻我，我也热情地回应他。

但是，这个吻我是既熟悉又陌生。

熟悉的是那种感觉，陌生的是那些技巧。

我调侃他："你的吻技提高很多啊。"

那天晚上，我们什么都没做。

聊到了凌晨三点多，聊的无非是他和那个姑娘的事，我和其他男生的事。

我问他："如果今天来找你的不是我，而是那个你很喜欢的姑娘，你是不是也会像对我一样这么对她？"

他想了想说："也许吧。"

说实话，我听了挺难过的。

他给那个女生的爱，是我不曾拥有过的。我们在一起三年，彼时他还是一个青涩的小子，一直都是被爱的那个。离开我以后，他遇到一个自己很喜欢的，成为人们说的"舔狗"。所以他付出的，就像曾经的我付出的。

他说："如果当初对你，有对她一半好，我们也许不会分手。"

我沉默了。

深夜里，他说：“我本来打算把你送到酒店就回去的，但是你在地铁站说的那些话，让我留下来了。”

我问他：“什么话？我自己不记得了。”

他说：“你在出地铁时，絮絮叨叨地说，‘坐车的时候飞奔着来的，已经很久很久没有为一个人这么疯狂过了，也没有为一个人追赶过火车。能让我冲动的，永远只有你一个。’”

是这句话，让他留下来。

后来第二天，我们和他妹妹、表妹一起吃了午饭，她们也都在南京工作。

一切好像都回到了2014年的冬天，我第一次去他家，也是他妹妹和表妹都在。然而再见，就是5年后。

我也不再是准嫂子了。

下午我们一起去逛街，买衣服，喝奶茶，看电影……真的好像回到了恋爱时候，牵着手，互不嫌弃地喂对方吃东西。

那天，我看得出来他笑得很开心，我不知道他有多久没这么笑过了。

晚上回杭州，他和他妹妹送我到车站。进去的时候，我先拥抱了他妹妹，然后拥抱他的时候，他没有抱我。可能他也不确定这一抱到底意味着什么吧。

就像我，我也不知道。

只是疯狂地玩过了，激情过了，接下来怎么办，没想过。

回去以后，我们明显比以往聊得更多更欢快了。

算了……不写了。

最后我们没有复合。

因为矛盾和问题并不会随着时间的过去而消失。

重新在一起，可能不过是重蹈覆辙罢了。

有时候回想起来那一天，一切都像是一场梦。

他不曾来过，我不曾拥有过。

但那个少年的样子永远烙印在我心里。

无论多少年后，我都会笑着回忆起他，可以坦然地说："爱过你，我不后悔。"

以前在一起的三年，是异地恋，就连分手都是通过手机短信说的。

这次见面，就当作给我们画的一个句号吧。

画完句号，就结束了，就圆满了，就彻底告别了。

最后，我祝你……便是晴天。

—— 我再也不想听见任何人任何形式的对不起，我想被对得起。

#19 岁，我做好了不婚的准备

当我有了足够丰富的经历，才能毫不羞愧地去见你，这是我爱你的方式。

我今年 19 岁，做好了不婚的准备。我和我对象从小一起长大，青梅竹马。他比我大两岁，我们一同上学下学，他每天送我回家，辅导我写作业，逗我开心。我父母在我 7 岁的时候离婚，父亲带着小三进了家门。每次我被他们的争吵吓哭的时候，他都会把我抱走，擦干我的眼泪哄我睡觉。我之所以没有长歪，真的是很感谢他，总在我最难过、最无助的时候来带我走。他是很好的男孩子，眉眼清秀，眼神澄澈，聪明善良。反正他在我心里便是顶顶好的，谁也及不上。

我 14 岁的时候情窦初开，硬是要他和我在一起，他觉得我还小，不懂事，所以拒绝过，后来还是在一起了，彼此都是初恋。他也和我坦白那时候就很喜欢我，但因为我太小了，怕我分不清依赖和喜欢。我从出生就一直和他在一起，也以为以后绝不会分开。

后来他上了大学，我还在高中，因为被他宠坏了，所以经常向他抱怨为什么只有假期可以见他。他总是好脾气地哄我，有假期就会回来。现在想想，觉得自己真的是太耍小性子了。

他是在我高二的时候走的，车祸。我当时不知情，被瞒得很好，后来知道了，哭到崩溃。“心痛”都是很轻微的形容，我不止一次想和他走了算了，我妈每天都看着我，怕我想不开。我整个人是麻木、空洞的，像被开了个大口子，风一直往里面灌，又冷又痛。那时候我很不懂事，难过得过头了，心里就开始怨恨：他居然舍得一个人走，怎么这么狠心地不要我。特别是我回到家的时候，墙上挂着我们的照片，抽屉里塞满了他写的情书，书柜里我爱看的书大部分是他买的，房间的挂饰、好看的玩具，还有老师还给我的手机里存下的好多他的录音，这些东西都差点把我逼疯。真的太痛苦了，我从来没和他分开过，第一次居然就是死别。

我休学了半年，浑浑噩噩地过了半年，高考失利。复读那时候勉强能像个人样了。考上大学后，在高中毕业的那长达三个月假期，我四处跑着散心，去了很多我们以前约好了想去但没去的地方。然后，我安静地去上学了。说来奇怪，他走了这么久，无论我如何想他入梦看我一眼，我都从没梦到过。在上大学两个月后，我终于梦到他了。他还是和以前那样，笑容干净落拓。我梦见我们在一起，过着和往常没什么差别的夏日——我枕在他膝盖上，有一下没一下地搅着奶茶。他正靠着椅背，看我不会写的数学题，看完了之后认真教会我。写完卷子的我特别开心地讨抱，他却推开我，非常温柔地说："我得走啦。"力道轻柔，和从前无甚差别。

那时候我才意识到这是梦，忽然的难过和惶恐让我哭醒，满脸泪痕，声嘶力竭。

所以，我再也不会那么喜欢其他人了，我的父亲母亲也相互折磨得很辛苦，再没有人给我想结婚的勇气了。

我有所念人，隔在远远乡。……乡远去不得，无日不瞻望。

续一：

很谢谢大家的安慰和抱抱，你们的善意真的让我感到很温暖，非常感谢大家。我前几天深夜写下这些文字，实在是当时心痛难挨，真是撑不住了，所以想找个地方倾诉一下。

写的东西太丧气了，抱歉让大家也跟着难受，其实我现在过得挺好，请大家放心，我在努力地去习惯，努力地让自己变得开心一点。我们从前有过很多约定，有想去的地方，想看的风景，想一起去经历所有的事情，虽然现在只有我一个人，但我还是会信守我们的诺言。今年我会去帕劳，明年会去玻利维亚。我会好好的，替他去看所有他没来得及看的风景，去经历他没经历的人和事。我会从容地长大，淡定地老去，直到我重新遇见他的那一天。

我其实不是娇气的女孩子，和好朋友相处，我总是强势并且比较照顾人的那一方，但在他面前总是很容易孩子气。他其实平时是挺冷淡的人，但对我总绷不住。

我们相识于幼时，相与于少时，也曾订下百年之约。可天不遂人愿，他陪我长大，却不能陪我变老。每每想到这些，心里揪着痛，常常不自觉地哭出来。我是不爱哭的姑娘，和我在一起超过五年的闺密以前从没见我哭过。我性子冲动倔强，为人很好强，有时候更是浑身带刺，冷漠消极地抵抗这个世界。他给了我很多的安全感和自信，让我有勇气走出去接触更多的东西。

写下这篇文章的那天，我去看了叔叔阿姨，也就是他的父亲母亲。临走时阿姨给我压岁钱，有两个红包。我有些诧异地看着阿姨，她艰难地笑笑，对我说："有一个算我替他给你的。"我当时几欲哭出声来，拼命忍住，回到家把自己关在房间里才哭出来。时间会抚平很多东西，但是我被硬生生扯掉了一半，是无论如何都好不了了的。人生很短，就像白驹过隙，稍纵即逝，可这种心情很长，像高山大川，延绵不绝。

我以前和他看《泰坦尼克号》，看着杰克沉入水底，少年的生命被永远封存；萝丝认真地过完了一辈子，生儿育女，子孙满堂。到结尾的时候，一如当年模样的杰克，站在楼上对同样年轻的萝丝微微一笑，伸出手来。当时一句台词都没有，可我总想到一句话：

“你来啦，我等你好久。”

你走后，我不会跟随你走，但一定不会有人代替你，无论是我心里的位置，还是我身边的位置。余生我只是为了去完成我们没完成的事，有了足够丰富的经历，我才能毫不羞愧地去见你，这是我爱你的方式。

我蓄起了当年被我剪掉的头发，读了他和我都很喜欢的专业，尽情享受这个年纪的所有一切。真的很感谢每个鼓励我的人，你们给了我很大的安慰和莫大的勇气。他一直都在我心里，哪儿都没去。

续二：

现在是 2019 年 3 月 27 日，距离我写下这篇文章已经 1 年又 18 天，时间过得真快啊。

我的头发已经长得很长，这一年没有荒废，我好好地生活、学习，没有放纵堕落，和你预料的一样，我现在变成了一个淡然温和的女孩子。

我的时间总是安排得很满，规划了足够的事情去做。

身边有坚定陪着我的好友，她们都是很好的姑娘，如果你能看到，肯定会放心的。我不再像以前那么冲动，做事不过脑袋，三分钟热度，现在的我成了相对成熟的大人了。

你知道的，下个月的 2 号是我生日，对习惯过阴历生日的我来说，今年生日又不是好日子呢。

我现在每天起得很早，雷打不动地去图书馆，看书或者画图。现在我的速写已经非常不错啦，水彩画也画得还行，你看到的话肯定会夸我。

我的成绩也都还好啦，只有两科没有考到 85 分。

你我的父母这一年来身体都还好，家里也一直平淡顺遂，你不用为我们挂心，我们都还好。

从去年梦见你然后写了这篇文章后，整整一年，我都没有再梦见你一次。

所以我其实只是又有点儿想你了。这一年也认识了许多新朋友，也有人对我表达过好感，但我都拒绝啦。你啊，是超级小心眼的人，以前看到我和发小靠得近一点都会不开心，看到有人对我表白还不气死。

小伙伴出去玩的时候给我买了许多宝石，我偷偷联系了店主买了一个戒指，戴在中指，就当你给我买的。反正算算时间，今年你确实该求婚了，所以也不算我自作主张啦。

在这一整年里，我还是跑去了很多地方，还去看了周杰伦的演唱会，不过被小伙伴放了鸽子，我自己一个人去的。在现场的时候真的觉得，我的偶像真是光芒万丈啊，可惜你没有陪我看。

坐我旁边的是一个漂亮的小姐姐，她老公从四川开车送她过来的，我真的超级羡慕了。

反正讲了这么多，就想表达一点，我好好生活、好好学习，除了比较想你，就没有特别难过的事啦。

还有我想告诉你啊，大学选的专业是你比较喜欢的，考研我就要挑我最喜欢的了。

我对这个时代无比感激，因为我怀念你的这些文字，将会永远存在。

新的一年我也会继续加油，会努力成为优秀的人。

所以多让我梦到你一下吧，因为我真的超级超级想你。

也祝看到这些文字的人平安顺遂，开开心心。

—— 我再也不想听见任何人任何形式的对不起，我想被对得起。

一辆车和一把扫帚

我摸摸上衣的口袋，瞬间傻了。
里面是一张皱得十分厉害的 20 块。

说一个我自己的故事，我终究是忘不了这件事的。

2012 年 1 月，我初三的第一个长假期。

我和在甘肃陇南参加完培训的妈妈一起坐大巴回兰州，但因为错过了售票时间，只能改为先到甘肃天水，再由天水乘车至兰州。

到达天水汽车站的时间是凌晨 1:45。

最早发往兰州的大巴要等到早晨 6 点。我和妈妈从车站走出来，左手边是完全看不见的，我们就拐到了右边的台阶往下走，妈妈走在我前面。大概是天黑的缘故，妈妈没留神单脚踏空，直接从高高的台阶上摔了下去，然后血就在石板路上淌开了。

性格极其内向的我当时真的整个人都吓傻了，只会不住地喊：“妈妈没事吧，妈妈怎么办？”

“去找人来，快……”

这是妈妈给我说的。

我拔腿跑得飞快，冲上了天水汽车站前的那条大路。我不敢跑远了，那个时候真的怕跑远了，就再也找不回来这个地方了。

凌晨两点，整个城市安静得可怕。我一边淌着眼泪，一边把手里的易拉罐甩出了老远。

然后，我就看到一个清洁工老奶奶把易拉罐拾起来了。

我失去理智，径直冲过去，几乎是一把抱住了她。

“奶奶，帮我妈妈……”

她犹豫了一下，终于和我过去了。

她走到我妈妈那里，把妈妈搀起来，说了句：“姑娘，你忍着些，我给你叫车去。”

她让我拉着妈妈，然后丢下她的长长的扫帚，向马路边跑去，她的身体看起来比我还要小。

车子叫来了，司机叔叔把我妈妈背到了副驾驶的位置上，我坐在后面。

清洁工奶奶示意我把窗户打开，然后，她就把什么东西塞在我的上衣口袋里。

车子开动后，我一直看着清洁工奶奶，她没有回去捡她的大扫帚，像是在跟我说着什么，然后挥挥手，直到我再也看不见她。

我摸摸上衣的口袋，瞬间傻了。

居然是钱！一张皱得十分厉害的 20 块钱。

现在想起来，这钱大概被老奶奶装了很久了吧，每天回家都要摸出来看看，很舍不得花出去的吧……

到了医院，司机叔叔背着妈妈走进去，我只能一溜小跑跟着。我仿佛从没看过妈妈被一个男人这样背着，我说不出话。幼年的我脑子里只有一个单纯但最直接的想法——妈妈千万不能有事。

我只记得后来，妈妈的额头上缝了好多针，我趴在妈妈床边过了一夜。当小姨从兰州赶过来时，已经是第二天上午 9 点了。

而那个昨天一直陪着我和妈妈的司机叔叔，我再也没找到他。

可是妈妈的所有医药费已经付过了。

我想，叔叔可能也有一个很爱他的妻子和一个可爱的孩子，他是赶紧回家去了吧。

坐在天水到兰州的车上，我靠着窗子发呆。现在我已经忘了自己那时在想些什么，只记得我摸了摸上衣的口袋，里面是那张皱得厉害的 20 元钱。

初中毕业后，我继续在外省读高中，天水再也没有去过。已经过了 3 年了，街市依旧，世间无常。

只是我记得，也永远不会忘，那一辆车，还有那一把长长的扫帚。

—— 我再也不想听见任何人任何形式的对不起，我想被对得起。

他有别的好朋友了

他低下头，说："我写了一张，送给小锐啦。可是他居然把自己那张送给班长了。我一张都没收到……小浩和小航都收到了十几张……"

我家娃 2009 年秋上一年级。

第一个元旦，老师说，每位同学写一张明信片送给自己最好的朋友。这个小朋友认真地写了很长一段话，送给了小锐同学。小锐是他幼儿园时期最要好的朋友，上学后仍然和他在一个班。

到了晚上，我俩在一起洗脚。一人一个盆，排排坐，算是亲子时间。

我发现他情绪有点儿低落，顺嘴问了一句："怎么啦？"

他很困惑地说："老师明明说，要送给自己最好的朋友，为什么有很多同学送了好几张给别人？最好的朋友不是只能有一个吗？"

我说："可能那些同学想多送几个同学吧。那你收到几张啊？"

他低下头，说："我写了一张，送给小锐啦。可是他居然把自己那张送给班长了。我一张都没收到……小浩和小航都收到了十几张……"

小浩是班长，成绩最好；小航是学习委员，一般是第二名。当时我的儿子就是最普通的中等生，小锐也是中等生。

我说："那你有没有问小锐，为啥不送给你？"

他说："我问了，他不说话……"

这个小小的男子汉，这时候忽然仰头打了个哈欠，说："哎呀，原来打哈欠会掉眼泪呀，我以前都不知道！"自己揉了揉眼睛，没有等我一起洗完，一个人先走了。

我想，那个时候，这个六岁零八个月的小朋友，第一次深深地感受到了孤独。

过了一段时间之后，我装作随口问问的样子，问他："还和小锐是好朋友吗？"

他说："嗯。"

又过了一段时间，我又装作随口问问的样子问他。

他说："他有别的好朋友了。"

然后，我接了一段话。我说："一个人想要别人对你好，你就得先对别人好，然后，别人也会对你好。也有人不是这样的，你对他好，他不见得就对你好，这个时候，不要一下否定他，可以再试试。如果他还是不愿意对你好，只想享受你对他的好，那也没必要热脸贴冷屁股了。人和人之间的感情应该是相互的，不用非执着在哪一方面。”

我觉得，这件事是一个孩子在成长过程中的宝贵经历。我也想了很久，怎么给他说这件事，最后决定这样告诉他。可能不够高大上，但是，世界的真相就是这样。

对，他现在 16 岁了。

个性很好，朋友很多，人缘很棒，所有老师都挺喜欢他。

人在长大过程中，就是这样一轮一轮地被人筛选着，也筛选着别人吧。

—— 我再也不想听见任何人任何形式的对不起，我想被对得起。

离婚之后

几分钟后他也来了，还没坐下就说：“好不容易才找了个地方停车，如果被开罚单，这顿饭损失就太大了。”

我赶紧说：“那我们随便吃点就走吧。”

离婚快一年，分开的原因是对方出轨。

相识 21 年，婚龄 18 年。

其实我还爱他，我知道他心里也还有我。但是我们都明白，撞破他出轨的那一天，我们之前所有的感情就此破裂，再难复原。我知道我们只有离婚一条路可走，因为我不想每天半夜睡不着等他回家，小心翼翼地打探他最近又跟哪些女人在一起，我不想在猜疑抱怨和愤怒苦恼中度过余生。

因为孩子，我们还有很多联系。我们还会一起聊天、一起吃饭，表面上看起来跟寻常夫妻没什么两样。只是我心里很清楚，一切都不一样了。

周日中午我们出去吃饭，在一个网红餐厅，周围没有停车的地方。我先下车去餐厅找座，他去找停车的地方。我在二楼找了个地方坐下，看了看菜单，在他可能爱吃的几个菜品之间犹豫。几分钟后他也来了，还没坐下就说：“好不容易才找了个地方停车，如果被开罚单，这顿饭损失就太大了。”

我赶紧说：“那我们随便吃点就走吧。”

他说：“算了，也没那么着急。”

虽然他这么说，我们还是十分钟就吃完了，然后把剩下的打包，迅速结账走人。

太阳很大，我陪他走向停车的地方，暗暗希望这段距离能够远一点，再远一点。走到车边，看看挡风玻璃，还好，没有罚单。他明显松了一口气，跟我说：“你找个地方打车吧，我先走了。”我一边往前走，一边头也不回地说：“好的。”然后就看着他的车从我身边飞驰而过。

他不知道，我之所以不回头，是因为那一刻我觉得他已经完全不在意我，对我全是敷衍搪塞。那一刻我仿佛万箭穿心，痛不可当……

我抚着胸口往前走，不想让他看到自己的强颜欢笑，更不想让他看见自己马上就要夺眶而出的眼泪。是的，我们已经渐行渐远，然而我对此无能为力。我失去了丈夫，孩子失去了爸爸。而在此之前，我们是幸福的三口之家，每年都会出去旅行，每次都会拍大量的照片，周末会吃吃玩玩，平时会聚在一起放声大笑。

离婚后，他混得不太如意，我带着孩子住在从前的房子里。我们尽量不让孩子感觉到什么变化，生活好像跟从前差不多，可是总让人觉得有些苦涩。我恨他出轨，无法原谅他对我的欺骗与背叛。可是，20 年时光堆叠起来的生活习惯和过去在一起相依相伴的种种快乐，总让我无法接受我们已经分开，他早已离我而去的现实。

昨天上午整理阳台的花草，我发现有盆铜钱草长势不好，于是想把它连盆一起扔掉。后来发现花盆是他以前和我一起逛花市的时候买的，犹豫了一下，还是把草连根带泥拔出，又把盆放到水槽里冲洗干净，打算晾干后再找个地方把它好好收起来。

还有一盆多肉，也是我们没分开前他买来送我的。虽然不好看，但是一直慢慢在长。每次看到它，我心里都会咯噔一下。我想，以后我会好好养着这盆绿植，因为那是我过去生活的见证，证明他曾经心里有我，有这个家。

我们曾经深爱过，时光的流逝加深了我对他的依恋，同时残忍地消减了他对我的情感。我不知道自己做错了什么，也许，只是因为我没以前漂亮，没以前青春。我已经慢慢老去，我把心都给了这个家。而他，像一头野兽，对外面的世界虎视眈眈，对曾经的爱人弃如敝屣。

如果世间真有轮回，真有因果，我希望他在未来的某一天，尝到比我更深的孤单，更彻骨的寒意，更令人齿冷的背叛。

最后，感谢老天爷留下一个可爱的孩子给我。如果人生是大梦一场，幸亏还有孩子为它奏响华章，让我有勇气走向下一个黎明。

—— 我再也不想听见任何人任何形式的对不起，我想被对得起。

失恋

终于我忍不住了，我怕她论文压力大，帮她改，那我呢，谁来缓解我的压力？

前女友，比我大六岁，是隔壁大学的博士。认识的时候她隐瞒了年龄，往小说了四岁。因为博士可以是直博，所以我也没多想。后来她承认了，我当然也不会因此分手，因为我爱她。

然而，她自己心里这道坎过不去，屡次和我提过分手，说自己比我大太多了，而我还要出国留学，回来都不知道是啥时候了。她说她等不起我了。我们家庭背景也不一样，我从小在北京，家境也算不错，想出国就出国；而她小时候生长在河南一个小镇，通过不断奋斗考上了 985 大学的博士生。我是丝毫不介意，但是她有时会感到自卑，这是我没法劝解的。

去年我来到美国读研究生，异国恋我们也维持得很好。直到这次过年，她突然开始不回我消息，我问她，她就说家里有事。她家里是开杂货店的，过年会很忙，我也不好继续催她。直到过完年回来，她在微信里和我说了分手，说她过年想了很久，觉得和我一起压力太大了，毕竟有家境、年龄的差距。我挽留过，但是她像是去意已决。本来说好的她春假（三月份）来看我，我顺便带她看看美国，当然也不可能了。

刚开始我心如刀割，觉得生活失去了意义。第一天没日没夜地下棋，想沉浸在胜负的世界里忘掉这些。第二天我在篮球场跑了一天，试图用身体的冲撞麻痹自己。有意思的是，分手的这两天，她要交一篇论文，其中有一些内容是我帮她写的（她建模能力不行，而且是英文论文，我帮她改语言）。于是我和往常一样帮她改论文，当我们讨论论文的时候，她都是秒回，还会给我打电话聊天，既有论文的内容也有闲聊。但是我每次在微信上说起别的，她都不会理我（我也就是吐槽一下课程和作业）。

终于我忍不住了，我怕她论文压力大，帮她改，那我呢，谁来缓解我的压力？我天天也有成吨的作业。

终于我有一天问她，春假还来不来了？我当然知道结果，就算这是我给自己找个契机了断吧。

她说不来了，还让我尊重她。

我想，好，那就结束吧，于是我让她以后不要再找我了，算我正式承认了分手。

分手后的日子怎么说呢，轻松又哀伤，毕竟这是我爱了两年多的人，不过心里的郁结也确实放下了不少。这几日每天就是学习、训练、学习、训练，好像回到了高中。高中在校篮球队，心里只有打球和学习（其实也没怎么好好学），根本懒得看女生。那段日子简单、快乐，现在怕是回不去了，因为还是会想她。

当时只道是寻常吧。

我现在基本也算是走出来了吧，还会想她，心却不再如刀割。我让生活变得更充实，做自己喜欢做的事。我告诉自己，不能依赖于任何人活着，自己一个人同样要精彩。

不过暑假我是会回国的，到底要不要见她？见了以后我们会不会和好？和好了又能如何？她的性格如此，我们能走到最后吗？一切交给上帝吧，顺其自然了。

最后，我想粘贴一段分手后我给她写的信，还有本人觍着脸写下的狗屁不通的十四行诗。

注：她前男友，不对，是前前男友，名字叫东阳，我想到《送东阳马生序》，就戏称他为东阳生。

亲爱的宝宝：

这可能是我最后一次这样称呼你，当然也可能不是，未来的事，谁又说得清楚呢。首先，我为我下午和你说话的态度道歉，就算我生气，也不该甩绝情的话。我有些话想对你说，我想你再忙也不急于这一封信的时间吧。你给我写过一封信叫纸短情长，我这封信就叫纸长情更长。

先来说说我为什么生气吧。与其说是生气，不如说是失望和委屈。我希望你来美国，从我第一天离开家，离开你，这一想法无不是与日俱增地加深。我想带你吃好吃的，玩好玩的，体验不一样的土地，体验不一样的文化，体验体验我的留学生活。

然而，从感恩节等到圣诞节，从新年等到春假，再到彻底等不到了。我想起了一句话——“过尽千帆皆不是”，何等的无奈失落。

其次，你提出分手不是第一次了，但每当我们一见面，谁也说不出绝情的话，谁也做不出绝情的事。因此，我希望这次一样，可惜我错了。微信上你说了一句话，

“请你尊重我”，这句话可以说把我的心伤透了，千疮百孔。我可以很洒脱地说一句：“我尊重你的选择。”那么背后的泪我就自己流吧。

是的，圣诞假的时候，小胖问我女朋友什么时候来，我在他眼里看到了疑惑不解，我倔强地回答：“过几天。”这学期小伙伴问我女朋友什么时候过来，我自我催眠般地、没有底气地说着：“三月。”草长莺飞二月天，也就是阳历的三月，那时高校也放假了，我该去哪儿啊？

有一天，队友在我屋里发现了一双小号的棉拖鞋，问我买这干啥，我说：“买错了。”有一天，同学在我卧室看见一个印着 mattress（床垫）的箱子，问我这是干吗用的，我说：“这是同学送的。”我在他眼里看见了不可思议和懒得追究的眼神。当你寒假期间连续好多天失踪，就像去了罗布泊一样的时候，我居然在觍着脸给同学讲异地恋应该怎样相处；当你向我坦白你的心路历程，单方面撕毁恋爱协议书的时候，我也只是尽量地呵护你，帮你分担论文的压力。

可是，谁来呵护我？谁来照顾我的情绪？我帮你写着论文，哪怕是在分手后。而我要找你诉说，你却不理我，哪怕就是为了哄我陪我说两句话呢？

昨天下午打篮球赛输了，我居然在场上不理智地和对手发生冲突，我都快不认识我自己了。昨夜，一遍一遍代码运行不了，我却连个发泄的出口都没有，那一刻我终于顶不住了。写完代码，交了作业，我开始一遍一遍翻看咱俩聊天的记录，泪如雨下。你知道那种感觉吗？心里始终有一块地方堵着，郁结着。你应该也有过，不过大部分是因为论文，而我全是因为我们。在国内，你每一次和我提分手，每一次不理我，我都有这种感觉，不过没事，我知道希望还在。你不可能一直不见我，只要我们见了面，一切都会好起来。不过这次不一样了，我无法回国，你也不肯来看我。

郁结了好多天后，我再也呵护不了你了。

于是我决定抛出我最后的台阶："你来不来看我？"

其实这个问题我是知道答案的，这样问只是让我好受些，毕竟我做了为我们俩的最后一次努力。但是，当我真正看到回复，我还是绷不住了，就像大厦倾倒下来。我当时在健身房，倔强地想做完最后一组动作，却发现自己一个都举不起来了。

原谅我，不能再呵护你的感受，而是愤然甩下了绝情语。

在你眼中，我不是一个模范前男友吧，模范前男友是不是应该像东阳生一样，默默记在心里，不打扰。不过不重要了，模范前男友有什么意义，又不是模范男友、模范丈夫。我的性格就是这样，不愿失去的，我要竭尽全力去挽回。而一旦真正失去，我又不是真的能如我表面那样没心没肺，云淡风轻。

宝宝，我真的累了，和你在一起的每一天我都很快乐，你不理我的每一刻，我都心很累。我曾经对你说过，如果有一天我没有力气再挽留你了，那就真的都过去了。昨天夜里，我已用尽最后的力气，现在我精疲力竭了。让我再回味一下我们的爱情吧，不是为了煽情，只是写出来会让我自己好受些。

2017 年盛夏，我因为一次球场意外左脚踝严重受伤，躺在寝室不能动，那时，我认识了你——一个比我“大三岁”的、北师大的美女博士姐姐。你既会像姐姐一样管着我，也会像小女生一样撒娇、调皮。我从来没有见过这么温柔的、软软的、可爱的姑娘。我很快喜欢上了你，你带我品尝着人世间的美妙，轻轻牵一牵手就能撩动时光，微微掐一掐手心就能拨动心跳。

我算是第一次尝到了爱情，写到这里我第一次哭出来，写之前的文字也就是掉一点点眼泪。想到当时在北航葡萄架下的时光，我竟泣不成声。我想到纳兰容若的那句词，“人生若只如初见”，不行了，我的泪水又止不住了。若是真能只如初见，我们就在葡萄架下拉拉手，骑着单车逛逛我航，该有多美。这句词要沉入我的心底了，成为我心中最柔软的那一部分。

接下来的故事依然美丽，你来西安，我们确定了关系，我带你游游古城，吃吃小吃，但更多时候还是在酒店的床上腻着，感受着彼此的温存。恍恍惚惚，岁月静好。

那年的暑假自你走后变得难熬，我想你想得要发疯，还好你每天都和我隔着屏幕畅聊天地，畅聊理想。我现在突然也好怀念当时的异地恋，算了，还是那句话，“人生若只如初见”。

后来的故事就平淡多了，我们一直在一起，虽然你有时候会把我拉黑，把我删掉，把我晾着……天哪，这些我都扛过来了，我还以为我们没有什么过不去的呢。值得一说的是，感谢你在我今生第一次遭遇波折之时给我的帮助和鼓励，真的谢谢你，宝宝。每次寒假都有点难熬，2019 年的寒冬是这样，2018 年的寒冬也是一样。当时不知什么原因勾起了你对家乡的自卑感，在一个毫无征兆的早晨，给我拉黑了。当时我的心情是又担心又愤怒。我完全没有做任何对不起你的事，凭什么拉黑我？我又在担心你，你在干吗？究竟我们俩之间发生了什么？

最终的结果是我去了开封找你，我们见面后分手的话只字都未提，只是滚了三天的床单（这是你的原话），然后就和好了。那时我知道你还深爱着我，看到我，一切烦恼都能忘记。

平静的日子过得久了，就会忘了时光老人从来不歇着。转眼2018年的暑假到了，我要离开北京了，我要去美国了。回首那个暑假，咱俩都挺忙的，都在为你的论文没日没夜地努力着。真正离别的伤感却是到了临别前两天才开始的，我突然意识到，我真的要离开你很多天了，我要离开这个国家了。

记得最后一夜我们本想一起度过，奈何北京的酒店全部爆满，我也是等到月上三重天才不舍地与你分别。不知再见面是何时，也不知到那时我们都是谁的谁。

异国恋，和异地恋差距其实也不大，就是多了个时差。我依然每天早上对你说着晚安，每天晚上听你说着晚安。这段日子也很平静，虽然对你的想念与日俱增，不过我相信，就快见到你了。可惜啊，我最终没有在麦屯*等来你，也没有等来去芝加哥接你的机会，即便我连芝加哥的行程都已经规划好了。

* 威斯康星州首府麦迪逊别称。

11月，你第一次拉黑我，我心里还有着希望，而这一次，这一次，这一次，我竟无可奈何。人生最大的无奈莫过于我愿意为你和全世界背离，而你却背离了我。你选择了更稳定的、有保障的、轻松的生活，放弃了我，放弃了近两年的爱情，放弃了和我一起改变世界、一起笑傲江湖的梦想。我能怎么说呢，我很想微笑着说一声："支持你。"但我做不到，我只有默默不语了。

你是个30岁、身材还没有走形的女人，虽然你脸上已有几道皱纹；你是个30岁、至今还没有结婚的女人，炉火旁打盹，回忆青春。我不在乎你的年纪，奈何你在乎；我不在乎你的户口，奈何你在乎；我只在乎你，你还在乎我吗？

我们的爱情不是小说，你这样的人物就算最顶尖的作家也不能刻画圆满，但是现实就是这样。我不得不带着对你的想念和一场空的失落，继续着麦屯寒风下的探索。你也需要完成你的学业，愿你能找一个爱你的人，平平淡淡的，幸幸福福的。

最后，送你一首小诗吧。

Finally I lost the precious thing of my life.
Her eye's like spring, her smile's like sunshine.
I love her more than little mice love rice.
She used to bring me light and bring me joy.
But she still gone leave myself under the cold sky.
Oh, my darling, I still don't know why.
My body's like a hill and my talent's like spread.
Oh, my darling, I still don't know why.
We had seasons in the sun and bottle filled with wine.
Maybe she will meet a sweet nice guy.
He will bring her smile, still like sunshine.
But I know, the smile is not belong to mine.
I'm not this lucky damn nice guy.

——爱你的哥哥

——世间最好的默契，并非有人懂你的言外之意，而是有人懂你的欲言又止。

—— 世间最好的默契，并非有人懂你的言外之意，而是有人懂你的欲言又止。

我不是一个“现实”的女生

你若做得足够多，除非她并不爱你，否则她一定能感受到，并一定会被你的努力和真诚感动，她一定会愿意留下来陪你。

想说一下自己的故事。

今年十月份我们要领证了。十年的感情磕磕碰碰走到如今，真的不容易。看到很多人在说女生的“现实”，我也很想来说说，我作为一个女生的“不现实”。

但是，我觉得，我的不现实，也是有前提条件的。

我们是初二开始在一起的，当时两小无猜，也没想到能走到今天。十年的爱情长跑，经历了 7 次分手：我和别人在一起，他心灰意冷，我和别人分手后我们重新开始，两个人渐渐熟悉对方并打开心扉，中间还不断夹杂各种摩擦各种吵架，大学异地恋四年，毕业找工作……一路颠簸。我们的爱情，可以说是那么不平凡，也可以说是那么普通。

如今我们都已 24 岁，可以说，过去人生的一大半，都和对方纠缠在一起了。

经历的种种，让我们懂得了珍惜。大四的时候，我们坚定了要在一起一辈子的信心，摒除了外界的所有纷纷扰扰，两颗心越靠越近，走到了现在，即将进入婚姻的坟墓同生共死。

先说一下我们两家的背景。

我是单亲家庭的小孩，妈妈是老师，兼做一些家族小生意，收入在我们小城镇算是很不错的。我妈妈非常疼爱我，虽然说是单亲家庭，但是我从来没有在金钱上受过什么大的委屈，从小吃的穿的，妈妈都是给我最好的。走到哪里，只要我不说，别人都以为我是独生女。我成绩一般，二本毕业。

他的家庭非常美满，一家人乐呵呵的，有爸爸妈妈和一个妹妹。爸爸是打工的，妈妈开个小店，虽然赚的不多，但也足够补贴家用。他和妹妹的学习成绩都是顶尖的那种，是他妈妈的骄傲。本来他们家的生活条件算是小康，但是前年他爸爸查出了肺积水，这是一个需要长期治疗的病。当时住院做了手术，花了一大笔钱，他们家都是等到他爸爸出院才告诉他的。他妹妹今年考完高考，九月份上大学了。加上他妈妈的小店生意有走下坡路的趋势，他们家的经济似乎变得很不济。他是个很聪明的人，从小到大成绩都是数一数二，高考失利但还是考上了一本，现在在一家上市的外企工作。

大四的时候，本来我们都是打算回老家的。他当时已经拿到了老家那边移动的offer，年薪8万多，在我们那个小地方算是个很不错的工作，又稳定，家里人都很高兴。我也在老家那边托关系找到一个不错的实习单位，估计转正没问题的。前程和未来都在一瞬间安排好了似的，就是回老家，感觉也挺好。

在拿到中国移动的offer之前，他被告知要回广州进行终面，也就是移动的最后一次面试，他就来广州了（他大学在广州读的）。当时其实也知道结果是十拿九稳的，因为他在终面之前就知道暑假实习的时候他的成绩是全组第一。我们都觉得移动offer能稳稳拿下，心里很高兴。终面之后有一个月的等答复时间，有一个同学介绍他去自己所在的那家外企做一个兼职（他是程序员，做兼职很赚钱），他觉得反正闲着也是闲着，就过去帮忙了。

结果就是这个决定完全打乱了我们的未来规划，也令我那个安稳的未来之梦破灭了。

总之，最后就是他想留下来，留在广州，而这家外企也给了很诱人的条件，年薪是10万起。当时这对一个刚毕业的学生来说真的很有诱惑力。

他找我谈话，他知道我想回老家，因为我的家人都在那边，而我又是那种非常黏妈妈，没有安全感，晚上连自己一个人在家睡觉都不敢的小孩。

我对家庭是很没有安全感的，因为自己的家庭是破碎的，我很排斥婚姻，只想一直在妈妈的保护下好好生活。加上妈妈年岁渐高，我想留在她的身边照顾她。

而我爱的人，他却是那么有自己的理想和抱负，他想拥有更大的成就和更广阔的未来。他说，如果回老家，在移动里面，可能一辈子就是对着服务器修修补补，根本不能倒腾自己的东西。而他对编程是很有自己的想法和热忱的，他想用自己的代码去做出一些可以改变人们生活的东西。

这些话虽然听起来很幼稚，可是他当时是很认真地跟我说的。他说："我尊重你，只要你说你想回去，我立马回去。我们年薪 8 万在老家那边也是可以生活得很滋润的；在广州，年薪十几万可能还是要挨苦日子，可是我不会让你吃一辈子苦，如果你愿意和我一起留在外面奋斗，我一定会让你不后悔。"

可能是我对他有信心，也是对自己有信心，也可能是我太傻太天真，就这样相信了他的承诺。至少，到现在他都一直在履行着他的这个承诺。总之，我们留在广州了，他狠心拒绝了移动的 offer。后来移动通知终面过了，连三方协议都寄过来了，我们和他爸妈争执了很久，他爸妈一直在做我们的思想工作，我妈也一直骂我傻。但是我们还是在双方父母的口水中坚持下来了，留在了广州。

但是，请注意这个但是，留在广州非但不是好日子的开始，反而是折磨之路的开端。他拒绝了移动之后全心投入外企的工作，但是因为当时还是大四，还没法签正式的劳动合同，拿的还是兼职实习的钱。我呢，也在广州找到了一个实习的工作，一个月他 2000 块，我 1000 块，日子就这样苦巴巴地开始了。

一开始，我们为了离两个人工作的地方近，就随意租了一间小房子，是那种很简陋的农民工房。一房一厅的 30 平方米不到的小房子，在一条小小窄窄的、扭曲的、一下雨泥巴能溅得全身都是的小巷深处。我们住在四楼，一楼是一家小湘菜馆，一到晚餐时间开始炒菜，辣味立刻蹿到我们阳台，天天穿的衣服上都是辣椒味。那个时候我们是无法待在阳台的，否则会被呛死。厕所是在阳台旁边，有一个门，上面还有个大窟窿，大冬天的时候边洗澡边打哆嗦，真的不堪回首。广州冬天下雨潮湿，那个房子除了阳台和房间各有一个窗户，其他全是封闭的，导致全部东西都返潮，各种发霉发臭，我丢掉的吃的用的东西数不过来。

当时我那个心疼啊，都是钱啊！

两个人挤在小小的房间里，房间只有一张一米五宽的床和一个两人宽的小衣柜，其他东西放不下。我们每天晚上睡觉要抱很紧，不然一翻身被子就会掉到地上，半夜就会被冻醒。后来我们想了一个办法，拉了仅有的两张椅子卡在床旁边。唉！

因为我大学不是在广州读的，初到广州生活那段时间，严重水土不服。开始是持续的肠胃炎，痛了大半个月我都舍不得去医院，一直自己忍着。接着我又着凉了，胃炎还没好，又得了咽喉炎，严重到话都说不清楚。后来实在疼得不行，浑身都哆嗦，我打电话给妈妈，叫她汇点钱给我看病，当时我妈都哭了。还是自己的妈好，立马就给我打钱了。不是我男人不心疼我，是我一直自己忍着不跟他说，因为广州看病实在太贵了。后来我咽喉痛，他一直说去看医生，我只说是上火，吃点儿双黄连就行了。我妈说，不行咱就回家，干吗在外面受苦，这个男的不行找另一个呗。

可是我不想被困难打倒。我觉得如今的生活是我和他一起选择的，不只是他选择了我，我也选择了他，这是相互的，我不应该在这个时候放弃他。

其实我的想法挺简单的，就是不想让那些当初不看好我们的人说："看吧。"

我就想让他们最后说："没想到。"

等到肠胃炎、咽喉炎各种炎都好了之后，我又开始便血！这下我们不敢无视，急急忙忙去医院看了，结果又是尿道炎，其实就是炎症一直没有好，在身体里面各种转移。我当时真是要哭死了，被这个炎折磨了差不多两个月，医药费花了 1000 多。

后来，快到年底了，他的爷爷突然就去世了，真的是很突然。爷爷弥留的时候一直说很想见到我，也就是他的大孙媳妇。我们又急急忙忙跑回老家，见了老人最后一面。我们虽然还没正式确定关系，但我还是跟着他们家人一起在灵堂忙东忙西，我妈说我自己脸皮厚，人家还没承认就巴巴跑过去。但是我不计较那么多，爷爷心疼我，我也就把他当成自己的爷爷。我是为了爷爷回家的，别人怎么看我无所谓，对得起自己的良心就好。

我的男人在回家的路上枕着我的肩膀，说："妞，谢谢你。"我眼泪流出来，知道什么都是值得的。

来回的路费我们都熬着自己出，五六百现在想起来不多，可是我们当时两个人一个月的收入是3000，真不敢想当时是怎么有勇气回广州的。我前面忘了说房租是1000出头，唉，剩下的是两个人的生活费啊！他后来都瘦到从后背看得到肋骨，我有一次看到他弓着腰在家里打代码，从后面能看到突出的肋骨一排排，突然就哭了。他不知道这个事。我在他面前一直乐呵呵的，不让他觉得我是在委屈，否则我怕他要立马杀回老家。

他是一个非常不愿意开口跟家里要钱的男生，特别是他爸爸生病之后，总之从大四我们两个开始在广州工作后，他就从没在家里拿过一分钱。反倒是我这边，因为妈妈疼我，以及我偶尔哭穷，她总会一千两千地汇一点儿钱给我。

每回发工资，我们就说去吃一点好吃的。当时也不敢去吃特别贵的，就到楼下湘菜馆点一个酸菜鱼，七八十块就觉得好好吃。到现在我依然很喜欢吃酸菜鱼。

我还记得那个时候他买一个包包给我，133块钱，我说："贵了。"不敢要。

他说："这个是礼物，你背着，我看着开心。你用久了钱就划算回来了。”

这个包包我现在还在用。我不常买东西，不喜欢逛街，现在还是这样，都是那个时候养成的“坏习惯”。

上面说的是冬天的事情。然后就过年了，两个人各自回家过年。过年回来之后，他的工资涨了，一个月有 4000 多了，我还是那一丁点儿破工资。我们还是住在那个小房子里面。

然后我的奶奶去世了。

这对我真是一个沉重的打击！那天早上我们原本都是要去上班的，但是一接到电话，毅然就坐车回家了。我没见到奶奶的最后一面，哭成泪人，他说：“我会照顾你。”

因为生病和两次家里变故，我一直请假，没人性的公司把我辞退了，于是我成了无业游民。那时他上班的地方换到了体育西路，每天早上要挤公交一个小时。

总之，他辛辛苦苦去上班，我重新认真找工作。生活好像开始变好了。他工资有点儿高了，我们开始有些小积蓄，他说：“不要住在这乱地方了，治安不好，你一个人在家我不放心。”

于是我们开始出去找房子，我眼光还是比较高的，后来看中了一个小区的复式小房子，对当时的我们来说有些贵，一个月 1900，但是他狠心租下来了。他说：“有一个好看温暖的房子，才有归属感，每天才会想快快下班回家，回到我们自己的家。”

换了房子之后，生活真的开始变好了。我也找到了一份合心意的杂志社工作，虽然还是实习，但是每月也有 1500 了，加上他的 4000 多，每个月节省节省还能剩点儿。我们买了个吸尘器，去宜家买了个桌子，他又买了一个红米手机给我，后来还养了两只猫。养猫是我梦寐以求的事，我从小就渴望养猫，但因妈妈讨厌就一直没有养。

他是一个非常刻苦、非常努力、非常上进的男生，也是一个很合格的程序员。正如他前面说的、承诺的，他想做一个厉害的程序员。不到一年，他就在所在的项目组做了一把手。在别人说他天资聪颖的时候，只有我知道，家里的床头堆满了代码编程的书，每天晚上键盘的敲击声到凌晨一两点，他通过各种手段和外国程序员大牛请教、聊天，找他们的 bug，各种测试，各种创新，天天关注技术的最新动态。他没有用好听的话来哄我，一年多的时间里，他让我看到了什么叫努力，什么叫上进。我看到了，才相信了，所谓的美好的未来，是真的会到来。而他的努力也影响了我，让我觉得自己不能只是满足于现状，也应该好好努力。为了不要被他落下，我自己也要变优秀。

于是，我们的生活变得越来越好，我们想结婚了。所以后来我们又换了现在这个房子，是两房一厅的，也是小区房，每个月 2400。我又换了一份轻松的工作，每个月 3000 多。他呢，工资翻了一倍还不止，具体就保密了。反正，如今我们生活得很好，真的很好。

从 1000 出头，到 1900，再到 2400，从房租的增加看得出我们的生活真的在渐渐地变好。而这个变化，其实也就是从 2012 年 10 月份我来广州，到现在 2014 年 6 月，不到两年时间里发生的。

我真的很感激上苍，但我更感激他，更感激自己，因为是我们的坚持才让我们有了今天。我也感激我们两家的家长，因为有了家长后来的理解和支持，才有了我们如今的生活和即将到来的婚姻。

或许从外人的角度来看，我便是那种“不现实”的女生吧？因为我没有嫌弃男朋友穷、条件不好，而是肯一直吃苦熬下去。

但其实，我想说，我也是很现实的。买菜我也会砍价，看到地下掉了零钱我也会捡起来。我不是什么视金钱为粪土的文艺女青年，我不过是个普通的女人。

我之所以肯陪着他走下来，是因为他给了我莫大的信心。他一直给我的呵护和关心，不是这世界上随便一个男人可以做到的。

我脾气不好，很容易生气掉眼泪，他每回都是哄我。

他对我没有任何隐瞒，介绍所有朋友给我认识，如今他的朋友也都是我的朋友。

他工资拿多少全部都告诉我，但是我并没有掌控，我们有统一的理财记录，彼此知道对方的底细，但是各花各的。

每天我做饭，他就会洗碗。

他每天不管加班到多晚都绝对不会不回家，不会随便去应酬，应酬之前一定会打电话给我，告诉我跟谁在一起，几点回家。

他从不会和任何女生有工作之外的私信联系。

他本来不喜欢猫的，可是后来我们养猫之后，他也随着我一起爱着我们的猫。

他在他家人面前说我很多很多好话，让他全家人都很喜欢我。

他每天上班出门之前，无论我是醒着还是睡着都会亲我一下。

每天晚上吃的水果一定是他洗的、他切的。

在这个许多男生都还不想成家的年龄，他说好想娶我好想结婚……

我们谈天说地，他是我在这个世界上最聊得来的人。我们有共同的爱好，我们一样喜欢宅，我知道我们是世界上最合得来的人。这些都无关金钱，无关物质，是纯粹的精神、纯粹的爱情……

在各种看似很艰苦的“熬”背后，和他生活在一起，我感觉更多的是开心。他总会逗我开心，他是乐天派，觉得天塌下来当被盖。我是愁苦派，是他渐渐影响我，让我对生活、对自己、对婚姻都有了信心。他给我的承诺不多，他说自己不喜欢承诺做不到的事情。他转正之后，拿到第一笔工资就立刻给我买了一个 iPad，当时我身边还没有一个同学有 iPad，有个同学老公大她 12 岁都还没买给她。我觉得自己巨有面子，这算是现实吗?

可能算是吧。

我觉得，现实这个事情不能一概而论，“现实”这两个字也不完全是贬义词。人生活在这个世界上免不了受别人的眼光影响，特别是女生，没点儿虚荣心真不是女生。

一个男生可以没钱，20 多岁没钱正常，那些从家里拿钱的我不觉得有什么可以嘚瑟的。但是没钱的男生也可以让自己的女人活得倍儿有面子，这个面子，就是女生要的所谓“现实”。

男人对女人足够好，这就是女人的面子；男人足够上进努力，这也是女人的面子。

你若做得足够多，除非她并不爱你，否则她一定能感受到，并一定会被你的努力和真诚感动，她一定会愿意留下来陪你。

因为人生的路，需要两个人一起走。

第一次写那么长。

好感慨，十年就这样过去了，一篇小小的文章也居然可以概括我们的感情。不过细细想来，其实我们的感情是没有办法被概括的。

更新一：

没想到会得到这么多的赞，谢谢大家。我总相信只要两个人感情在，肯坚持，没有什么能够打倒两个人，没有什么不能克服，没什么能让两个人分开。

今天刚拿到婚纱照，好开心！更新一下，分享最近一个小故事。

周末的时候两个人一起看《离婚律师》，其实平时他不怎么陪我看连续剧，我自己也少看。这部是朋友介绍，因为是喜剧，吃饭的时候两个人一起追。

看到曹乾坤酒后差点“乱性”的时候，我就趁机教育他：

“如果你以后喝醉了怎么办？”

“这种事情不可能发生！我觉得自己可能会喝醉之前就打个电话告诉老婆，让老婆等会儿来接我嘛！”——这个答案我还蛮满意的！

“你老了之后会不会找二奶呢？”

“我知道以后我老了，那些所谓看上我的女人究竟是看上我什么，真正陪我熬过苦日子的人可就一个。”

“哪一个？”

他不答，哈哈！

其实我们现在的生活真的跟老公公老婆婆差不多了，我最喜欢和他做的事情就是“在一起”。

在一起逛超市，一起散步串小巷，一起去外面吃饭，一起去看电影，一起上京东、当当淘书，一起去菜市场买菜，一起和朋友桌游通宵，一起看世界杯（虽然我是看不懂的，我在旁边看《爸爸去哪儿》）……

总之无论什么事情，我都很喜欢和他一起做。没有压力，不用掩饰，尽情做自己。当然，我们也会有各自的空间。我们各自和自己的朋友出去玩的时候，另一个绝对不会“夺命连环 call”。我们给予对方最大的空间和最适度的陪伴，即使是在同一个屋檐下。例如现在，我们同在一个书房，但是我在码字，他在玩《英雄联盟》，不说话，却很踏实。

更新二：

看到评论里很多朋友都说看哭了，我真的很感动。自己的感情能够得到那么多人的祝福，这或许也是这份感情的一种幸运吧。我会好好坚持的。我跟某人说，之前写的一篇文章点赞过千了，咋办？他说，坚决不要取消匿名。我笑死了。

关于求婚这件事是这样的。很久之前我就跟某人说过，这么多年来你一点儿都不浪漫，也从来没有给我制造过什么惊喜，我就希望你一辈子为我浪漫一回，就是求婚，之后我就不再逼你给我制造什么浪漫了。

于是，2014 年 6 月的某一天，我下班前照例接到了某人的电话。

他说："今天可能要加一下班，晚点才回家。你要回去了吗？"

我说："那你就加班呗，你别管我，我在公司跟同事聊聊天。"

当时我还心存疑虑多问了一句："为啥加班啊？"

他说："设计的同事临下班给了一个页面……"我就没多问。

后面他又打了一个电话，说："设计明天再给我稿子，不用加班了，你早点回去。"

从我公司走出来到地铁，要走一段大约 15 分钟的路。那时候我是八点下班的，天暗了，我照例是边走边跟他讲电话，因为我怕黑。

大约走了一半路，他问我：“你走到哪儿啦？”

我说：“快到地铁口了。”

他说：“那回家再说吧，我现在要收东西了。”

我当时还略微不爽，平时没那么着急挂我电话的啊？

走进地铁车厢，刚好是有位子坐的。我照例是戴着耳机边听歌边看书，当时看的是《Y 的悲剧》，一本悬疑小说。大约过了一个站，突然有人摸我膝盖！因为车厢里人不是特别多，我心里还吓一跳。结果一抬头，那个傻瓜拿着花和戒指，突然就在我面前跪下来了！然后周围坐着的人都“炸”了，我旁边一姐们在跟她朋友打电话，还说：“不说了不说了，有人求婚啦！”

他跪在我面前，牵起我的手，用我们的家乡话，说了一大堆。其实车厢里很吵，我的一只耳朵还挂着耳机，没有很完整地听到他说什么，大概是：“妞，我们在一起那么多年了，你说过想要一个特别的求婚。我今天希望地铁上不认识的人可以为我们见证……”

后面听不清了，只知道最后一句是：“你可以嫁给我吗？”

当时我没哭，心怦怦跳，旁边一堆人在拿手机拍，我就想一定要忍住啊！然后他就把戒指给我戴上了，他的一个同谋，一个女性朋友，帮我们拍了两张照片。旁边的大叔大妈哥哥姐姐都鼓掌了，我真的太感动了，真的。

然后他问我："要不下车吧？怪尴尬的。"我们仨就在下一站下车了。求婚的整个过程，没超过五分钟。

原来，他叫了一个他的女性朋友，认识我但我不熟的，来我下班的那个地铁站等我、跟踪我。然后我一上车她就打电话给他，他就在下一个站上车。他们就这样预谋了一场求婚，没有轰轰烈烈，但也不缺心思和浪漫。给他打个 98 分吧。

后来我觉得最遗憾的是没有录像成功。本来他拜托那位女性朋友帮忙录像的，可是因为相机内存不足，只录了三秒，为此我还暗暗郁闷了几天！这一辈子就一次的浪漫，还只录了三秒。如今用文字记录下来，却觉得也不错，也是一种纪念吧。

回家的路上，我问他："为什么选在地铁上求婚？"

他表示，想过很多办法，但觉得我太聪明，如果搞得阵仗很大一定会被我戳穿，所以干脆选择简单的。他说因为地铁只有广州有，我们家乡没有，为了感谢我愿意陪他留在广州，也为了让我每天坐地铁的时候就想到这个幸福的时刻，所以选了在地铁求婚。

求婚的花是简单的一束假花，他说我喜欢的那家店里好看的真花要三四百块，假花也不错，99 块钱一束（我原来指定过一家花店，比较高级的，说求婚花要在那里买，因为我不相信他的品味，哈哈）。他说假花可以放很久，我夸他有经济头脑，花三四百块买一大束我可是要生气的。我可是很吝啬的，哈哈。

这就是求婚的经过啦。对了，求婚戒指一对 1999 元，

“5 · 20”的时候特价买的。“戒指的价格不重要，赋予戒指意义的是我们自己，对吧？”这是他说的。

我觉得我们最合得来的地方，就是对物质都没啥大追求。凑合，能过，不穷就好。我曾经跟他说过，我对你要给我的生活只有一个要求，那就是我偶尔想要去外面吃一顿大餐，或者买一件几百上千的衣服，我不用去考虑我这个月的生活费、家用费，我不用感觉到紧巴巴，就够了。我不想要什么房子、车子，跟着你，住什么地方都好。但你要让我有安全感，觉得怎么花钱都可以。

好在我对名牌没讲究，只认识LV。我，应该说我们，最喜欢买的东西就是书。我在当当和亚马逊的收藏夹里还有一两百本书没下单，我希望他可以帮我清空。

我不上淘宝，不喜欢也不大会用支付宝。所有网购都是他来，我永远找他代付，这是我骄傲的地方。可能别人不大理解，但我觉得我男人可以帮我解决很多生活困难，很好用，哈哈。

其实他也不是十全十美的，这么多年，我们互相见证彼此的成长，他也从一个一点儿都不浪漫、不体贴、不细心的小男孩，渐渐变成如今这个成熟有担当的大男生。下次有机会再和大家讲讲他以前一些不靠谱的事。

哈哈，他叫我别抖太多，嘘。

感觉我快写成长篇小说了。我很少这么敞开心怀跟不认识的人说起我们的故事，谢谢大家喜欢。

—— 世间最好的默契，并非有人懂你的言外之意，而是有人懂你的欲言又止。

如果晚生 20 年会怎样

蓦然间，我看见她的秀发在笔尖滑落，闻到环绕在她身上的淡淡清香。此时此刻，我多么想时间在这一刻停止，整个世界，只有我和她，静静地待在一起……

高中那会儿我暗恋我的班主任，她是一位 40 多岁的成熟知性女性，也是一位打扮时尚的数学老师。刚分班时我数学很差，刚及格的样子，老师不是很喜欢我，喜欢班上另一个数学思维敏锐的同学 A。A 平常懒散随意，但老师对他要宽容得多。我与 A 是好兄弟，但是私底下还是会吃他的醋。

于是我开始下决心努力学数学。但我实在太笨，所以要付出很多精力，有的时候一天我会写五张数学试卷。刚开始好多题不会，我一遇上不懂的题就去问老师。记得有一次老师因为给我讲题没吃晚饭，于是我在第二天晚饭期间问她题之前，骑车去了一个离学校比较远的地方买了她最喜欢吃的饺子。她当时很感动，渐渐开始对我有了好感。

后来我成为班里的副班长，一些琐碎的事务通常是我去负责。比如一些像出黑板报、演讲等学校硬性分派的工作，老师都会让我去做，班长 B 只要好好学习就行了（后来她考上了北大）。有多少次高三夜晚，大家都在认真自习，我一个人在画画，忙着出第二天的手抄报。想起来有些伤感，我也有一个名校梦，我也不想浪费时间去做这些，但是每当看见老师欣慰的笑容，我的怨气便烟消云散。

有一次，有人跟我说我的数学成绩进步很大，我还没有发觉，直到我去翻了我的数学试卷，才发现分数在提升。翻了下错题本，我也确实发现我现在不懂的题相比以前要更难了。直到有一天，在一次月考后，数学题相对简单，C 同学（老师最欣赏的一个女同学）跟老师说她应该没有答错题目，老师当时挺高兴；我跟老师说我也应该是满分，老师不信，说我在开玩笑，结果真的只有我和 C 同学得了满分，自打那回，老师再也没有轻看过我，我也正式跻身班里数学学霸行列，经常会有同学找我问题目。

高三一年，我的错题本记了 480 个数学错题（平均做 30 个题目我会记一个）。这时候，高考在即，不敢做太难的题打击自己的信心，也就没什么不太会做的题，于是我会把自己已经搞懂的问题拿去问老师。问题的蓦然间，我看见她的秀发在笔尖滑落，闻到环绕在她身上的淡淡清香。此时此刻，我多么想时间在这一刻停止，整个世界，只有我和她，静静地待在一起……

最后的全市模考，我数学考了满分，B 同学考了 140 分。尽管 B 同学的总分排名比我高很多，但因为数学试卷里有一道难题，我的数学成绩是全市第一，这是我最有成就感的一次满分。高考之前的最后一个下午，我走进老师的办公室，当时只有她一个人，我对她说："老师，我能抱抱你吗？"她先是愣了一下，还没等她说话，我就已经把她拥入怀里了。她没有反抗，我亲吻了她的脸颊，然后跑了出去……

高考时我的数学也考了满分，但是这次数学题目太简单了，排名不是很好，我去了一个政策性 211 大学，C 同学去了法大。我们两个同一天办升学宴，老师去了 C 同学的。想起来有些伤感吧，但是这些美好而青涩的时光毕竟已经一去不复返了。

老师的家庭条件挺好的，她自己是重点高中的优秀教师，丈夫是乡村初中校长，但二人长期分居，老师和正在上小学的小女儿住，大女儿出国留学了。她一般一天换一套衣服，夏天有时候一天换好几套，而且我从来没见过她穿旧衣服，打扮得又漂亮又时髦，特别影响（当然是正面影响）我学习啊！

其实老师也知道我喜欢她（我和 A 谈话时告诉过他），不过却从来没有当面问过我，只跟我讲过我是她带过的最特别、最体贴她的男生。

还有一点就是，其实最后那个吻并没有影响我们的关系啦。反倒是老师亲口和我说，她为选择参加 C 同学的升学宴不能参加我的而感到愧疚呢。我今年寒假回学校还特地找她玩，她让我帮她上她的晚自习，然后晚上我们一起吃饭，一个寒假下来有五六次了吧。有一次忙到晚上 11 点半了，她还想让我去她家过夜，不过我看她家只有她一个人很不方便，就拒绝了。于是我就走回了家，大概 11 点 50 到的家，和她打电话报平安时还聊了半个小时。

这种感情其实挺美好的，纯粹而不躁动，苦涩中又蕴含着甜蜜，也许我真的只是晚生了 20 多年吧。

马尔克斯讲：“心灵的爱情在腰部以上，肉体的爱情在腰部往下。”

“不敢说我们之间的情感是爱情吧，应该是介于友情与爱情中间的某种情愫，我也希望这份纯真美好能够一直延续下去。”我在高三时的教师节送给她的信中如是说。

（记得我那次还利用副班长职务的便利，挪用公款给她买了一束花，卡片上写着：“老师您辛苦了”，但事后得到了同学的追认啦，行为有效！）

老师那天留我没有别的意思，真的只是因为天色太晚，担心我的安全，我没有也不敢有非分之想。如今我已经离开了她，作为一个正在不断成长的男人，我更应该拿得起放得下。“逝者如斯，而未尝往也。”敬最稚嫩的青春，也敬最纯真的年华。她一切安好，便是我最大的期盼。

每个人都应该去爱，每个人都值得被爱。愿善意的香气飘遍天下，望爱情的露珠布泽四方。

—— 世间最好的默契，并非有人懂你的言外之意，而是有人懂你的欲言又止。

我把她当兄弟，她竟然……#

我再蠢也是个男人，立刻感受到了隐藏在兄弟情谊之下的一丝暧昧，然后就顺杆子往上爬。

我是甘肃人，在广州读书工作，女朋友是广州本地人。

我俩是 2015 年的时候实习认识的，女朋友是比较典型的大城市妹子，漂亮、自信、阳光、体育好、身材好，有一点儿美国校园片里女主角的感觉。最开始我对她其实没想法，虽然我家里条件不算差，自身条件也不差，但我毕竟是甘肃一个十八线贫困县出来的。她是广州本地妹子，家庭条件好，从小到大的教育、眼界都比我强多了，所以我们只是普通的实习伙伴关系。当时我们一批实习的同事关系都很好，工作之余也经常会线下约打麻将、约徒步之类的。

我的房子和她家很近，我俩经常聚会后一起回家，而且互相都没什么想法，反倒能正常相处。两个人有完全不同的成长环境、完全不同的风俗习惯，三观又很合，可以聊的话题简直不能再多。

本来按这个势头，我俩估计就要变成兄弟了。转机是有一次大家约徒步，走一条刚开发没多久的路线。结果走到一半时，前不着村后不着店的，她一脚踩进一个树坑把脚扭了，当场就肿得很厉害，完全没办法走路了。由于是新开发的路线，也没有可以就近撤离的路线，只能是我们几个男生背着她走。

我们徒步的三个男生就我一个壮汉，另外俩哥们相对比较瘦弱。一开始大家还能轮流背，后来他俩受不了了，毕竟已经走了将近 16 公里，而且他们女朋友的脸色已经很差了。所以后半段就是我一个人背着她，走走停停的，差不多背了三个多小时。

当时为了避免她滑落，我还用衣服把她的屁股一兜，紧紧捆在我的腰上。现在回想起来，这画面还挺“香艳”的，然而我当时累得啥感觉都没了，尤其是后半段，怕天黑了还走不到终点，所以几乎没怎么休息过。我整个人都已经走麻木了，大脑几乎是空白的，就是一个手扶着她的大腿，一个手掌握平衡，所有的注意力都集中在脚上，避免滑倒，力求每一步都走稳。

后来我们在一起的时候，她说那天在我背上，她又害怕又羞愧。因为我背了她三个小时，一句话都没和她主动说过，她说话我也不怎么理她。她觉得自己是个累赘，觉得我肯定超级讨厌她，所以一直在我背后偷偷哭。

大姐，谁背个 110 斤的玩意儿走山路走三个小时，还能有力气说话？

到了终点的一个村子以后，本来是计划过夜的，结果她的脚肿得更大了，我们都怀疑是骨裂，当时决定还是要尽快把她送回广州。一群男生里，一个哥们儿没驾照，另一个哥们儿是新手司机，不能上高速也不敢开山路，只有我一个老司机。所以当晚我就借了客栈老板的车连夜开回广州。路上就让她躺在后座，我这人特别累的时候一点儿都不想说话，所以又是一路无话的两个小时。

快到广州的时候，她提前给爸妈打了电话，我们直接在中山一院的急诊碰头。把她交给她爸妈以后，我实在累到爆炸，而且她爸妈把我当成了活动的组织者，对我很不满，所以简单和她爸妈客套了两句，我就开车回家睡觉了。

结果第二天一觉睡醒来，我腰椎间盘突出复发了，疼得整个人简直崩溃，光是下床就花了 40 分钟。我觉得我的腰摇摇欲坠，随时可能断掉。正好那时候实习的时间也只剩一周了，一周内我的腰肯定好不利索，所以我就直接给实习的负责人说不去了，后来也没留在那家公司。

整整一周的时间，我都在家和医院间蹒跚着来回，也没心思和实习时的同事联系。我这人感情比较淡薄，也不会主动去联系朋友，所以和这帮实习认识的朋友就稀里糊涂断了联系。后面我就一直安心准备毕业的事。

差不多过了一个半月，我在我们学校竟然遇到她了，她是过来陪自己的高中同学拍毕业照的。当时我比较傻，没感觉到气氛有啥不对，还乐呵呵地给她打招呼，说要中午请她和她朋友吃饭，介绍了一大堆我们学校周围的好吃的。她的表情很奇怪，有点儿生气又有点儿紧张的样子，气鼓鼓地说不用。

没想到到了饭点，她突然给我打电话，说要给我一次请她吃饭的机会。我俩碰头以后，发现她是丢下朋友一个人过来的，吃饭的时候也和往常大不相同，都不接梗了，搞得我一个人说了半天没人响应，气氛就越来越尴尬……

我还想着，这姑娘今天是“脑抽”了吧?

她突然傻了吧唧地问我:“你当不当我是朋友?”

“必须啊，我不但当你是朋友，还当你是兄弟呢。”

然后她就问我:“为什么辞职?为什么不联系我?为什么那天一直都不搭理我?为什么对我爸妈态度不好?为什么这么多天都不关心一下我的伤势?”

问着问着就哭了，搞得整个小饭馆的人都用一副看渣男的眼神看向我。

我给她纸巾，她一把丢掉。

我让她别哭了，她吼道:“我要你管!”

我碰她胳膊，她一把甩开。

没办法，我只好从桌子对面坐到她旁边，结果她就趴在我肩膀上开始哭。

我再蠢也是个男人，立刻感受到了隐藏在兄弟情谊之下的一丝暧昧，然后就顺杆子往上爬，两个人稀里糊涂地就开始了一段暧昧关系。

再后来，我们就顺理成章地发展成恋人，一谈就是三年。

2017 年的时候，我俩都工作一两年了，觉得是时候见家长了，可没想到她爸妈对我俩的恋情非常非常不满。一开始她爸妈只知道她有个男朋友，是个北方人。知道我是甘肃人以后，她爸妈觉得我家太远了，我的成长背景、性格爱好到底是怎样的，他们也不知道。而且她妈妈一直以为甘肃是一个苦寒的少数民族聚居区，到处都是沙漠，骑骆驼，住土房子，缺水到没法洗澡。不知道怎么的，她妈还莫名地觉得北方人都特别重视家族，我以后肯定要回甘肃的，她以为女儿要是和我结婚的话，就得回甘肃住戈壁！

所以她妈妈真的是完全崩溃的状态，哈哈。

虽然我老家县城是国家级贫困县，也确实很干旱，但我们县城小区的环境其实还不错，跟大城市差距没有那么大。

所以一开始，我对她爸妈的态度也不太高兴，毕竟被嫌弃得太过离谱了。因此我并没有像其他准女婿那样刻意讨好她爸妈，反正我是和她谈恋爱，见面的时候该有的礼数一样不少，不见面也不会主动找机会去讨好。她夹在中间，一度非常难做。

矛盾的顶峰是她决定趁着放假和我去甘肃见我爸妈，顺便旅游。她妈知道以后当场崩溃，觉得自己的掌上明珠就要远嫁甘肃，和他们从此天各一方了，在家抱着她号啕大哭。她爸更是生气到撂下“你要是敢去就断绝父女关系”这种狠话。她比她爸妈还生气，觉得她爸妈简直不可理喻，直接摔了门跑来我家住了。

这时候我肯定不敢火上浇油啊，好说歹说地把她劝好送回家，去甘肃的事情也就此搁浅。正好那时候我们都是事业上升期，整天工作忙得跳脚，见父母的事情也就搁置了半年。不过这次闹矛盾反倒让她爸妈对我的好感直线上升，觉得我是真心为了她好，不是那种为了小两口自己就挑拨她和父母关系的人。

一直到了2018年，我俩一个28，一个27，年纪都不小了。她妈妈中间也介绍过几个相亲对象给她，都被她一口回绝，她爸妈也着急。

而且有一件事对我触动很大。我在老家有个表妹，工作的时候认识了一个消防员，家在西藏。两个人恋爱后，我表妹要等她男朋友退伍以后一起回西藏，我们家人都大惊失色，觉得西藏太偏远了。后来他俩因为性格不合分手，大家都松了一口气。

甘肃之于广州，比西藏之于甘肃远多了，而且我们明明都去过西藏，知道拉萨很好，我表妹的男朋友也不是少数民族，两个人不存在生活习惯差异的问题。即便如此，我们都没法接受，更何况我未来的丈母娘从来没去过甘肃，而且甘肃也一直穷得出名呢？所以她爸妈的无法接受，我也可以理解了。后来我就开始主动出击，一方面把自己的优势主动展示给她爸妈，一方面也经常创造机会不着痕迹地讨好她爸妈。

她爸妈对我态度的转变受几个因素影响。

一是 2015 年我还没毕业的时候，我爸妈就觉得房价要大涨，就在广州给我买了房子，当时房价还比较便宜。

二是我的工作单位是相对稳定的国企，收入也还行，虽然广州人不怎么认国企，但是工作和房产从侧面证明了我以后是要留在广州发展的。

三是我爸妈都是当地公务员，也有点儿小职位，证明了我家起码不是住沙漠的……

当然，她爸妈绝对不是嫌贫爱富的人，她们家条件比我家好多了，她爸妈更多的还是为自己的女儿担心。

确认了他们的女儿以后不会远走高飞跟着我回甘肃，而我也和广州的普通青年没啥区别，她妈妈心里最大的石头就落地了。没了这层矛盾，她爸妈才第一次以看女儿男朋友的眼光看我，而不是一个要把他们女儿拐跑的北方人……

我这人性格挺好，在长辈面前嘴也甜，做饭洗锅样样拿手，而且是真的爱我女朋友爱得不行。话说丈母娘看女婿，越看越有趣，她爸爸还没发话呢，她妈就先倒戈了，经常喊我去家里吃饭，说我一个人在外面挺辛苦，要多来吃点家里的饭。

2018 年，甘肃—青海的一条旅游路线很火，我俩就策划了一趟甘肃的自驾游，路线是兰州—西宁—张掖—嘉峪关—敦煌。去甘肃旅游的事我没告诉我爸妈，也没计划去我们家，其实我们家距离兰州挺近的，就一个小时的车程。

没计划去，是因为一方面我不想给她爸妈压力；另一方面，于情于理，怎么说都应该是我们男方主动，先去广州拜访她爸妈，而不是让她爸妈先过来。结果没想到规划到最后，她妈妈先忍不住了，说都到了甘肃，怎么不去拜访我父母。我说："应该是我和我爸妈先来广州拜访你们，不能失了礼数。"结果她爸大手一挥，说不用讲究这些，都到家门口了怎么能不去看望亲家，必须去。

我爸妈知道以后也很不好意思，觉得他俩应该早点儿来广州拜访她爸妈的，所以特意去机场直接把我们接回家好好招待，还能顺便让她爸妈看看家里的情况，免得一直心里没底。

那一次见面宾主尽欢，两边的父母一见如故，一顿饭下来我们三个男的喝掉了三瓶五粮液，要不是我女朋友拦着，我们三个男的差点把婚期都定了。她爸妈也热情地邀请我爸妈，说一定要来广东，让他们好好招待。

我俩计划今年结婚，由于两家的父母都有做公务员的，所以也不方便办酒，最后我们决定旅行结婚，然后小范围请亲戚朋友吃个饭就 OK 了。

我觉得，其实在恋爱中，地域肯定是影响因素之一，但绝对不是深层次的影响因素。地域更像是一层面纱，它只能影响两个人和两个家庭在最开始接触时对彼此的认知，当你揭开了这层面纱，会发现内里都是一样的。

—— 世间最好的默契，并非有人懂你的言外之意，而是有人懂你的欲言又止。

这件事还瞒着未来的婆婆

我告诉了他我之前所有的事情，他说他在意的是我之后的人生，对之前的所有都可以接受。于是我们顺理成章地在一起了。

大学的时候不小心怀孕了，我跟当时的男友都不忍心打掉。我们俩从初中相识相恋，直到一起进入大学，多年感情一直很和睦。他是国内著名 985 高校的学生，考虑到需要对我负责，我们就结了婚（没领证，办了酒席），把孩子生了下来。当时两个人准备携手共度一生的决心还是很坚决的。

可能有人会说未婚先孕的问题，解释一下。我们在发现怀孕并想把孩子生下来的时候就办了结婚酒席，并在他读书的城市买了房子，他家也给了我家彩礼。房子产权证上没有写我的名字，因为是男方家里全款买的，彩礼八万八，我家里给了一台 15 万的车。后来我们分开之后车子也没有拿回来，特别后悔！我们没有领证，没有领证的原因是男方才 21 周岁，还没有到法定结婚年龄。

后来孩子生下来了，他们一家对我非常照顾，很体贴，他爸妈从来没让我受过气，一直当亲生女儿看待。但是住在一起后，我发现他性格有些极端。结婚之前我没有发现他的性格如此暴躁，因为跟他在一起时我还在上初中，年纪小不懂事，只觉得他很吸引我，忽视了他的性格；高中时他去了另一个区读书，两人异地；大学更是跨省异地。所以我只知道他偶尔会发脾气，并不知道他的性格如此极端。一开始他会骂人，由于我比较懦弱怕事，不敢反抗，结果他就发展到跟我动手，甚至在我怀孕 8 个月时因为我没清洗榨汁机，直接把榨汁机冲我砸过来，幸好我躲开了。

本以为生了孩子，他有了父亲的责任会变好一点，没想到他越来越暴躁，没办法，我们只能选择分开。怀孕以及带小孩期间，我们绝大部分的争吵是因为我的狗。没错，我孕期养了一只哈士奇。狗是捡来的，因为我孕期太无聊了，就每天在家里瞎想，刚好朋友小区里有只流浪二哈，我就带回家了！它很听话，很黏我，并且只黏我，从不拆家！我孕期全程养着它。我的狗不理他，他一开始对它挺好，后来由于它高冷的态度，他就越来越不喜欢它。加上亲戚一直说孕期不能养狗，他就想着让我送走，而我坚持不肯。

狗狗我现在一直带在身边。

再加一句，他对孩子很好，从来不会对他动手，也不会骂他，可能他觉得亏欠孩子。不过他对孩子很严格，孩子一周岁刚学会走路时，就想着送孩子去上兴趣班。现在宝宝两周岁多一点，已经在学唱歌和跳舞了，虽然学了也学不懂……

现在孩子交给他家抚养，我们经常会开视频，他妈妈照顾孩子照顾得很好。分开时，我还没有独立抚养孩子的能力，而他家里，无论是经济实力还是文化氛围都比我家好很多，所以把孩子留给他家抚养几乎是当时唯一的选择。现在我也常会去看孩子，逢年过节、过生日之类的也会把孩子带到我家来玩三两天。不过由于他父母就这么一个孙子，所以不愿意我把孩子带在身边来长期生活。想想孩子跟着他父母也许会过得很好（他父母一个是大学老师，一个是企业领导，我父母只是普通上班族和辛苦经商之人），所以就把孩子留给他家了。他之所以会养成现在这个性格，很大一部分是因为从小他父母忙着工作赚钱，忽视了对孩子性格的培养，他的父母也十分懊恼。好在现在两位老人都已退休，有的是时间培养孙子。

我现在的男朋友知道这些事后，只是抱紧我，说：“那我们以后生一个宝宝就可以了。”我们感情很好。他性格很好，学历很好，长相也很好，身高一米八几，是个很专情、很上进的男孩子。过年时我已经去过他家，六月准备结婚了。

至于他的父母，暂时还不知道这些。他父母都是山东某沿海小县城里一辈子在工厂踏实上班的老实人，心思十分单纯，辛苦大半辈子才攒下一点钱，近几年刚卖掉原来单位分的小房子，掏空所有积蓄换了一套敞亮的大房子。而我的男朋友虽然从小家境贫寒，但他内心十分强大，一直非常努力地学习，试图通过自己的努力改变未来的生活。也正因此，他在家里说话的分量很重。他跟我说，暂时不让他家里人知道这些，等到他们不得不知道的时候，他会跟他爸妈去解释。而等我们生活过得很好的时候，他们也就不会介意了。过年期间，我去男友家住了小半个月，温柔细致地照顾他，准婆婆全部看在眼里记在心里。

临走时，他的父母把买完房之后手上剩余的十多万块钱（他妈妈一个月工资 2100 元，爸爸 2800 元，攒下这么多钱有多困难可想而知）全部拿给我们，让我们买房子结婚。我们不约而同地拒绝了，并嘱咐他们自己别那么省，好好过好 50 岁之后的生活，房子我们可以自己挣。也正因如此，加上我家里的鼓励支持，后来我辞掉工作，跟着舅舅一起去做生意。他的妈妈深受感动，看她的眼神以及后续行为，她是把我当她的女儿无疑了。其实我本身并不优秀，长相普通，身材偏胖，普通二流本科学历，父母关系不和睦，家里也没什么势力。我只是性格十分温和，非常会照顾人，舍得吃苦，除此之外好像没有什么别的优点了。

更新一：

评论区有很多人质疑我现男友不成熟，还有说我配不上现男友的。我看了之后情绪并没有很大波动，因为我内心也深深地感觉我配不上他，甚至连我的父母都曾劝他放弃我，重新找个更优秀的女孩子。

现男友是外省普通大学的优秀硕士研究生，读研期间荣获多项奖学金、专利奖金和论文奖金。为了我他拒绝了山东省很多名企的橄榄枝，只身一人跟着我到江苏工作。在外人眼里他是标准好男人，不抽烟，不喝酒，不花心，学习用功，工作努力，孝敬父母。而能走到今天这步，用现男友的话来讲就是，我温柔善良的性格深深吸引了他。他谈过三次恋爱，前女友都脾气暴躁，需要他像侍奉公主一样捧着，把他折磨得内心恐慌。而由于我生过小孩，更懂得照顾人，所以把现男友的日常起居照顾得细致入微，这让他陷入其中无法自拔。加上我本身个性比较独立，两人消费基本 AA，平时对他不吵不闹不“作”，相处这么久也没有过真正意义上的争吵。

刚毕业时，我月薪不到 3000 元，后来辞职经商，做很辛苦的食品生意。一年之后月利润过四万元。评论里有人问我是什么生意，解释一下，就是一个很小很小的店面，外面摆上摊子，卖面条和一些早点小吃。我在江苏中部的一个城市，市民早餐普遍爱吃面条。我接手了我舅舅做生意起步时弄的一个摊子，所以成本也不高，位于几个居民区、学校和购物广场之间。这买卖干起来辛苦、卑微，无论春夏秋冬严寒酷暑，我都要凌晨四点起床，下午一点才能收摊，但是利润确实很高。而我的男友，在跟我回老家之后，我哥哥介绍他去了我们当地的一所大学当了老师，工作并不累，也很有前途。他只要不上班，就会来摊子上帮我。他并没有觉得我摆摊子很卑微很丢人，反而十分心疼我，也因此更加爱我，并商量着过段时间换个方向重新开店。未来光明可期。

现在我们生活得很好，我深知得到现男友的不易，也十分感谢他能一直陪伴着我度过这么多艰难的时刻。我会加倍珍惜他、对他好。

更新二：

很多人质疑我的收入的真实性，我解释一下。店铺是我舅舅20年之前就已经买下来的，因为在他们家小区门口，他一直当作车库用。20年前周围一片荒芜，现在已经变成市中心了。近几年他退休在家没事做，就把车库改成了一家小店，生意不错，他就重新开了一家大店，把小店租给我，租金十分便宜，加上店铺面积十分小，10平方米左右，水电什么的花销也很小。

刚毕业时，我只是早上卖面条和一点小卤菜之类的，日利润500元左右。后来慢慢开始下午卖一些凉皮、肉夹馍，晚上也会送送外卖，这才达到了月利润4万元，十分辛苦。好在男友以及家人非常支持我。

更新三：

再解释一下，男友比我大 5 岁。他是个二本学校的硕士研究生，虽然很优秀，拿了很多奖，但是在他们单位多的是 985、211 院校的博士，多的是比他奖项多、关系硬的。我的哥哥就是他的直接领导。虽说这个工作很体面，但是想混好了挣大钱，可能性几乎没有。关于摊子的事，男友说太过辛苦，正在跟家里人商量着换个行业重新经营。

对于婚姻的态度，我十分珍惜他、爱他，他也一样。但是我并不会死缠滥打，让他处于主动地位，好像我求着他要结婚一样。反倒是他，一直沉迷于我，还未毕业就跟我求婚，拿出研究生期间所有的积蓄给我做生意用。

关于房子的事情，买房子我家里出了绝大部分，男朋友家里也拿了一点儿（相比于我家所在城市的房价以及我们所购置的房子，他家出的钱微乎其微）。本来说让他出装修的钱，我买家具，然后房本上就写两个人的名字，男朋友怕我不放心，就只写了我一个人的名字，所以装修也是我掏的钱，少部分家具是他买的。这样说起来也算是我有房子吧……

至于瞒着未来的婆婆，这是男朋友的想法。他说等到以后他们不得不知道的时候，他会耐心地去跟他们解释。

更新四：

补充说明，我跟现任谈恋爱时，还没有工作、没有收入，也就根本谈不上他贪图我有钱这一说。他临近毕业时有很多家名企抛出橄榄枝。而我学历不高，只是本科毕业，车辆工程专业，跟他的专业八杆子打不着，他无法帮我在青岛找工作，而以我的学历也很难在青岛找到一份满意的工作。我想回家工作，跟他异地，但是他说一旦毕业异地（经历过一年的异地恋）基本成不了，最后他选择跟我回家工作。

原本打算我在家人的帮助下找个好工作，他赤手空拳闯荡一下，因为他本身学历优秀，不愁找不到工作。很偶然的机会下，我哥哥恰好可以在工作方面帮助他，而我也在我舅舅的帮助下做起生意步入正轨。可以说，现在的生活全是两个人互相信任、共同努力下的成果。

更新五：

现男友跟我相识于网络。我因为生孩子休学了一年，分开后，我独自一人回到上学的省份。班导老师们对我特别照顾，劝说我考研。因为我捡过一只流浪狗并把它照顾得很好，所以对兽医这个工作颇为好奇。而我们学校并没有这个专业，所以需要在网上买考研资料，就这样结识了现任男友。买了资料之后，我们很久没有联系。偶然有一天，他来我所在的省份开会，我刷朋友圈时看到他的定位刚好在我附近，又刚好他也知道我在这个城市（因为我喜欢发朋友圈定位），就问我附近有哪些玩的地方。第二天他就约我出来，请我吃了饭，据他所说是对我一见钟情。不过那时我对他并无好感，因为上段恋情使我对爱情有点恐惧。他回去之后，我们经常会用微信联系，他的幽默风趣、博学多识逐渐打动了我。我告诉了他我之前所有的事情，他说他在意的是我之后的人生，对之前的所有都可以接受。于是我们顺理成章地在一起了。

生完小孩后，我就没有再问父母要过生活费，回学校之后经济压力很大。此时我男朋友给了我一些帮助。不久，老师介绍了一份工作给我，十分轻松但是工资平平，不过好歹能暂时解决经济危机。后来考研由于选择学校眼光太高，遗憾落榜。

现男友十分喜欢我的狗，哈哈。

—— 世间最好的默契，并非有人懂你的言外之意，而是有人懂你的欲言又止。

半夜还在跑滴滴的都是什么人

如果不是想让妻子、孩子和自己过上更好的生活，谁会半夜带着怀孕的妻子出来跑滴滴呢？

和朋友在外面喝完酒，半夜一点半，跟老公两个人叫了一辆滴滴回家。开车的是一个三十来岁的男士，副驾驶坐着他妻子，还怀孕了。

司机说，晚上跑滴滴，他爱人不放心，所以陪着他一起。我和老公都说："怀孕了还是应该好好休息啊。"司机妻子笑着说："在家也是担心他安全，睡不好，不如一起出来，至少安心。"同时也表示，跑完我们这单他们就回家。

因为喝了不少酒，坐了一会儿车我就开始上头，问能不能开点窗户给我透透气。那时候刚入秋，半夜是有点凉的。司机立刻把车靠边停了，自己下车去后备箱拿了一条毛毯给他太太盖上，然后给我开了窗。我觉得特别不好意思，跟他们说我透一下气很快就关上。夫妻俩很客气地说："没事的，没事的。"

结果我很不争气，一会儿又想吐了。停了两次车，老公陪着我下车吐了两次，每一次司机都下车去拿纸巾和矿泉水给我老公。第二次上车之后，我再三道歉，夫妻俩还是说没事的。我说我肯定不会再吐了。司机太太笑了，说："我感觉你还会吐。"我说："不不不，为了能让你们早点回家我肯定不吐了！"

后来我就忍着，总算达成了我的承诺，没吐第三回，下车的时候又再三和夫妻俩道歉。（结果进了小区门，我又在垃圾桶旁边吐了个天翻地覆……）

如果不是想让妻子、孩子和自己过上更好的生活，谁会半夜带着怀孕的妻子出来跑滴滴呢？祝福这对夫妻和他们的孩子。

—— 世间最好的默契，并非有人懂你的言外之意，而是有人懂你的欲言又止。

嫁给爱情的人后来怎样了

我总是相信，一切都会越来越好的，再多的困难也不能阻止我们努力好好生活的决心。嫁给爱情是什么感觉？大概就是，有彼此在，怎样都好吧。

我就是嫁给了爱情。

认识七年，恋爱三年，结婚三年。当初家里人反对了一阵，因为他是农村的，父亲早亡。甚至我们结婚在他农村的老家办酒时，我爸妈都不愿意去。

我们过过苦日子，武汉 40 摄氏度的高温天，两个人用两个编织袋、一辆自行车，一趟一趟地搬家；我被车撞了，他骑了十公里自行车飞奔到事故现场接我；冬天在外面我鞋子坏了，舍不得买新的，他脱下自己的鞋给我穿，光着脚走回家。这些现在想来都变成了笑谈，但可以肯定的是，我从来没有一天后悔过跟他在一起，甚至觉得遇见他是我这辈子最大的幸运。

我虽然从小家里条件还可以，但是爸妈简单粗暴的教育一直让我过得很压抑，从来不自信，也不知道自己想要什么。在遇到他之前，我一直浑浑噩噩按照家人铺好的路生活。

直到遇到他。他虽然在农村长大，家境贫寒，但是家人之间的信任与关爱让他自信、磊落，父亲早逝又让他有着同龄人少有的责任心和担当。他让我敢于做自己，敢于表达自己的想法，敢去拒绝和争取。可以说跟他在一起之后，我才发现了真正的自己，活得更自在洒脱了。

他的母亲和姐姐都是明事理的老实人，从不干涉我俩的事情，在我们需要帮助时，又从不犹豫。我们结婚前她们得知我们的钱不够买房子的首付，他母亲拿出“棺材本”，他姐姐拿出多年积蓄给我们，因为他母亲坚持“买房是男方的事情”。他母亲还跟他说，以后不需要我们给她养老，我们两个好好过日子就行。结婚后，我不想要小孩，婆婆在我们偶尔几次见面的时候也从不催我，一直跟我老公强调，只要过得开心就好。

婚后这几年，我们的日子慢慢好起来，两个人的感情甚至比婚前还更好一些。我们几乎不吵架，吵了也很快就和好。他勤快，总是起得很早，锻炼身体、浇花、喂猫、给猫铲屎、收拾家里。家里有什么东西坏了，他坐在阳台上捣鼓捣鼓总能修好。我爸妈对他这个手艺满意得不行，动不动就叫他过去帮忙，现在对他像亲儿子一样；他对我爸妈也是有求必应，从不嫌烦。我爱吃，婚后长胖了快20斤，他也从不嫌我胖，依旧觉得我比大多数人都好看，没事喜欢抱着我到处捏捏，说手感好。我做的饭他觉得什么都好吃，不爱在外面吃，在外面看到什么好吃的就回家跟我说，让我给他做。我们两个人都没有什么应酬，他一周打一次球或者游一次泳，我偶尔和朋友出去吃一顿晚饭。剩下的时间就是两个人黏在一起，不觉得烦，只觉得不够。我俩就是彼此最好的朋友，一起散步，看电影，逛街，吃好吃的。我超喜欢跟他一起出去旅游，他是活地图，特别认路，还不怕累，是扛行李担当，我想买点儿啥，他就负责说好看，然后掏钱。跟他在一起，去哪儿都好玩儿，都安心。

他挣得比我多，生活能力也比我强。我有时候跟他开玩笑说：“我在家里是个拖油瓶，没有我你可能过得更好。”

他说：“过得好有什么用，没有你，我连生活的意义是什么都不知道。”

今年上半年我怀孕了。从确定怀孕那天起，他早上起得更早了，给我准备早饭午饭、水果零食；开车绕路送我去公司，下班再过来接，还要问清楚东西吃完没有；所有家务全包，对我说得最多的一个字就是“好”；每天九点半准时催我去睡觉，监督我吃叶酸和DHA；陪我去每一次产检，需要空腹的时候他也不吃早饭，为的是不让我馋得难受；我妈要来帮忙，他说不用，他一个人照顾我没问题，因为他知道我怕吵，家里多个人会睡不好。

家人问他："辛苦不辛苦？"

他说："我命好，我媳妇儿特别争气，没啥辛苦的。"

太多事情了，说不完。总之有时候半夜起来上厕所，回来看到熟睡的他，总忍不住抱着亲两口，感慨："这么个好男人，就睡在我身边，真好。"

其实我俩现在生活里也有蛮多烦恼，如买不起的学区房、永远赚不够的钱，以及即将来临的小宝宝会带来的一大堆连锁反应。但是我总是相信，一切都会越来越好的，再多的困难也不能阻止我们努力好好生活的决心。嫁给爱情是什么感觉？大概就是，有彼此在，怎样都好吧。

更新一：

看到有很多朋友在说姐姐和婆婆的事情。是的，姐姐和婆婆都是少有的明事理的好人。姐姐比我老公大很多，早就在南方某二线城市成了家，工科技术女，和姐夫都在设计院研究所工作，两人也是从白手起家到现在在行业内小有名气。姐姐、姐夫两个人都是家里的长女长子，所以对家族有天生的责任感。论经济条件，他们确实比我们好太多了，但是为人低调又节俭。

买房子姐姐出钱这个事儿，其实有个故事。在我之前，我老公曾经追求过一个女的，他那个时候刚毕业，还本着门当户对的想法，追的是个家境和他差不多的农村出身的女的（非歧视，不过我对那个女的有成见，就不美化她了，哈哈哈）。结果那个女的很实际，嫌弃他家里穷，挣得少，在跟他暧昧了一阵子之后，就找了个在国企端铁饭碗的工人（然而这两年那个国企已经快破产了）。

这个事情给他打击很大，可能是他第一次被现实打败吧。后面很长一段时间，他都对谈恋爱没兴趣。没错，是我追的他。

婆婆和姐姐知道了这个事情，也都很难过。婆婆觉得愧对儿子，是家里没钱才让他受这个气。姐姐一方面觉得那个女的鼠目寸光；另一方面，她自己结婚的时候，从来没有考虑过对方的经济条件，没想到现在的女生已经这么现实了。所以她决定，决不再让自己弟弟因为钱或者房子受气，能帮一把就帮一把。我第一次见姐姐的时候，她就跟我说："我们家条件你也都了解，确实不是很好，但是你放心，买房子的事情你不用担心，我一定会帮你们的。"婚后几年，我俩也有了些积蓄，一再表示要还了这笔钱，姐姐一直说她现在不用钱，我们也不是太宽裕，等她用钱的时候再说，所以这笔钱我们也一直没动，打算等姐姐用钱的时候直接给她。婆婆从姐姐生了孩子就搬过去给姐姐带娃，算起来将近十年了。她在那边住得习惯，有了生活圈，还自己开垦了小菜园，每天接送外孙，忙活一下，过得不亦乐乎。老公说，婆婆60多岁的人了，确实不忍让她来我们这边给我们带孩子，熟悉新环境，从头再折腾一遍，所以也就由着婆婆高兴，她愿意怎样就怎样。

评论里有妹子提到了爱情和面包的事情。我必须承认，我俩婚后感情越来越好的直接原因，是经济条件越来越好了。我俩家庭背景的不同，注定造成了差异很大的消费观念。在我们都很穷的时候，这确实是个突出的矛盾，我想买的东西他觉得贵啦，我偶尔想奢侈一把他觉得没必要啦，我会觉得委屈，他会觉得我娇气。尤其在恋爱初期，处于磨合期的两个人没少因为这个吵架。

后来经济条件逐渐好了，他也逐渐被我同化。而我由于掌握家里的财政大权，反而变得抠抠搜搜起来。现在经常是他劝我："钱嘛，花出去才是自己的，不然就只是账户上的数字而已。"所以爱情和面包同样重要。给你爱情的人，一定也要有能力给你面包，否则爱情一定会在每天的鸡毛蒜皮柴米油盐中消耗殆尽。我一直觉得，现在的社会机会还是很多的，两个人如果不是太笨，再稍微勤快一点儿，只要踏实肯干，日子总不会太差的。所以如果一个人快三十岁了还过着和二十出头时一样的穷日子，真的要考虑一下是不是自己的问题。当然我俩现在也只是一般水平，但是相比刚恋爱时的窘迫，已经觉得很满足了。希望能越来越好吧。

有人说，那些才结婚几年、有娃几年，甚至连娃都还没有的人，有什么资格谈论"嫁给爱情"这个问题，等四五十岁了再说吧。恕我直言，四五十岁的人就能叫嫁给爱情，不到三十岁就不算嫁给爱情？是否懂得爱情，这个和年龄没有直接关系吧？

我见过结婚二三十年，貌合神离、同床异梦的夫妻，也见过恩爱一辈子，女方一去世，男方立马把小保姆娶回家的两口子。我妈的一个闺密得绝症去世，人还躺在病榻上的时候，她老公就用微信和别的女人“撩骚”。这种事你咋说？除非两口子到了老年恩爱如初又同时去世，否则这种事情怎么能盖棺论定？人家老头老太太恩爱一辈子，最后老头娶个小保姆，你能说老太太这辈子亏了？我觉得人生在世，只讲究此时、此地、此身就好。

是的，我没办法保证我老公多年后依旧如此，就像很多年后我可能也不会像现在一样珍惜他对我的好。那怎么办呢？想着以后的种种可能，现在的日子就不过了？他以后真变心了，我们这几年就没有任何意义了？这就好比一箱子苹果，只盯着烂的吃，结果吃了一箱子烂苹果，我还要觉得是自己有远见？

人生不是百米跑道，一眼能望到终点才敢拔腿迈步。如果你眼前有个真心人，就因为想着三四十年后他可能不会像现在这样对你好就放弃了，你这一辈子要错过多少？大家心都宽点儿，别费今天的劲去操明天的心。享受生活，生活才不会亏待你。

更新二：

没想到时隔这么久，还在陆续收到赞和评论，谢谢大家。我如愿以偿生了一个粉嘟嘟、软软香香的女儿，五个多月了，我们都很爱她，很幸福。

其实产后一直想来更新这篇文章，毕竟当了妈之后看问题的角度不一样了，有了更多感触。但是苦于没有太多时间碰手机，保存了几次草稿，最终也没发出来。

今天忍不住来更新的原因是，我突然发现这个世界上唯一一个愿意理解我、包容我、和我并肩的人，可能真的是我老公了……

早上我和我妈吵架了，原因一言难尽。其实我忍了很久了，因为知道她帮我带孩子辛苦，也怕孩子受委屈，一直在忍，但今天没忍住。吵完架，我妈收拾东西回家了，我自己在家哄孩子吃奶换尿布的时候，我爸、我姐分别打电话过来，让我给我妈道歉服软劝她回来。我哭成狗的时候老公从公司赶回来了，一进家门看到家里的样子，过来抱着我帮我擦眼泪，然后把孩子接过去说："宝宝，你去洗洗脸洗洗头，喝点热水玩会手机去吧，这里我来搞。"

过了一个多小时，我缓过来了，孩子已经被他哄睡了。我坐下来跟他大概讲了一下事情的来龙去脉，也承认了自己确实有问题，问他："我是不是脾气太差、太没有耐心了？"

他说："你脾气差，怎么跟我没吵起来呢？不全是你的问题，别太有压力。我刚给妈打电话她没接，等下我再打，好好劝劝她。"

嗯，所有人都觉得是我错了，逼我道歉服软的时候，只有他会说不全是我的问题，只有他会帮我解决问题。

有了孩子的生活，很多时候真的让我手足无措，还好有他在，万幸有他在。

更新三：

我们的宝贝姑娘已经一岁多啦，从一个香香软软的糯米团子变成了追着我家猫满屋乱跑的捣蛋鬼。老公已经化身“二十四孝女儿奴”，姑娘现在也是黏爹狂魔，恨不得和老公长在一起，我这个老母亲有点儿慌。

我妈在我姑娘快八个月的时候，找了个借口，彻底不给我带娃了。我虽然愤怒又伤心，但也确实深感强扭的瓜不甜，无奈之下还是把婆婆请来。婆婆对孩子很好，人也算细心，脾气方面我们也在不断磨合。虽然她有各种技能上的不足，比如不识字、不会坐车、不会用手机、不会做饭等，但起码主观意愿是好的，配合度远高于我妈。大半年了，虽然偶有摩擦，但我的精神比我妈在时更愉悦了。

婆婆来了之后，我们的夫妻关系也着实受到了考验。婆婆本质上是个很本分老实的人，但是老人思维和做事方式跟我还是有不少冲突，不闹矛盾是不可能的。说实话，虽然在网络上看了很多“婆媳关系怎么样主要在于老公如何斡旋”之类的文章，但是真到我自己身上，起码就现在的状态而言，我会觉得全指望老公是件很不公平的事情。而且他眼中的婆婆跟我眼中的婆婆是两个人，指望他来达成我的目的还是有几分强人所难。

所以刚开始还是蛮难的，我们也吵架，为了不吓到姑娘，自己躲到卫生间哭也是有的，也跟老公说过诸如“后悔了”这样的狠话。但是后来我也想通了，三个成年人都是为了孩子好，我们就是一个养娃团队，好的 teamwork 是大家相互配合，每个人做好自己的事情，自己做不到的及时求助，有问题立马提出来共同商讨解决，才能达成一致的目标。

现在家里的分工就是我主要负责大的方针政策，婆婆负责执行，老公负责协助执行并查漏补缺。每天早起，老公负责给娃洗漱换衣（我娃比闹钟还准，每天六点半准时醒，如果猫饿了、渴了瞎叫，她醒得更早），我洗漱完毕去给宝宝准备一天的食物，婆婆自己搞早饭吃。八点我俩出门上班，婆婆带着娃按我制定的计划吃睡玩。晚上六点我到家，给娃做饭，婆婆和老公陪玩。然后婆婆带娃去吃饭，我来给大人做饭，再换婆婆吃饭，我和老公陪玩，给娃洗澡。七点半，婆婆带着娃去哄睡，我和老公吃饭，吃完饭就可以各种“葛优躺”了。婆婆哄睡了娃，再出来收拾残局，洗碗啦，洗宝宝的衣服啦，擦擦地板啦，这一天就结束了。

实在不好意思，“妈妈经”一开头就刹不住车。

其实婆婆来了之后，这大半年的感受就是，一定要沟通！

沟通啊，朋友们，是多么重要！只有我跟老公两个人的时候，闹脾气了，吵架了，冷个战，混一下过去，也是常有的事情。现在不行了，时间那么宝贵，解决问题要快，效率要高。家里三个成年人，你藏一句，我藏一句，行吧，每天就排列组合猜彼此的心思吧。但是我真的没时间，我要上班，要照顾我姑娘，要操心一家人的吃穿用度，没精力搞这些。所以有啥问题，真想发脾气的时候也发，但是发完了赶紧一起看问题在哪里，怎么解决，尽快达成共识。最重要的是，所有冲突的最后，我们一定都会彼此澄清：我是爱你的。即使我们吵架了，即使你哪里做得不好了，我还是爱你的。

这大半年我们谈话的内容比原来更多了，关于育儿，关于如何跟婆婆相处，甚至因为我们的工作都发生了一些变动，我们讨论工作的情况也越来越多。一方面，我们的世界已经不仅仅是只有彼此、只爱彼此那么纯粹了；另一方面，我们也都在尝试更多的角色，虽然挑战更多了，但是好像也更有意思了。

咦？怎么说起来还有一点点刺激的感觉……

有一次跟老公吵完又和好，我泪眼婆娑地跟他说："为什么我们吵架的频率越来越高？以后会不会更严重？"

老公说："不会啊，你不觉得我们沟通得越来越多，解决问题也越来越顺畅了吗？我们正在相互了解得越来越多，会越来越好的。"

我特别开心的一点是，跟什么样的人在一起，自己就会不自觉地变成那样的人。我老公本身是很勤快的人，我就有点儿懒，我妈是个比我勤快一点儿但是嘴特别碎又很挑剔的人，她在的时候我就很痛苦。婆婆是个很勤快的人，每天的日常就是闲不下来，抢着做事，为此我还经常觉得有点儿烦，因为她总是在动。直到有一天，老公突然跟我说："媳妇儿，我发现你现在真的好勤快，你从下班回来就没停下来过。”我才发现，我自己也不知不觉变成了一个勤快的人，每天在家里做饭、研究辅食、收拾，忙个不停，但是，竟然没有一丢丢怨言也并不觉得累。这应该就是婆婆的气场给我的正面影响吧。

总之，有娃后的第一年，顺利度过，自觉蛮幸福的，整个人的活力更胜从前。我开始减肥了，截至目前，两个月瘦了 14 斤，精神也更好了，经常逼着老公摸我的肥肚腩，告诉他，好好珍惜吧，很快它就不在了。谜之自信……

继续加油，打着鸡血过每一天。

——大爷您都 80 多了，还叫老伴“亲爱的”，是怎么做到的？

——别提了，前几年我把她名字忘了……

—— 大爷您都 80 多了，还叫老伴“亲爱的”，是怎么做到的?

—— 别提了，前几年我把她名字忘了……

喝醉的学姐

如果我不认识她，我发誓不会阻拦如此绚丽的表演。

一个学姐大四毕业时约我一起吃饭，平日里温柔娴静的她在一斤半白酒下肚之后，开始了她人生中最为华丽的一次蜕变。

酒杯往桌上一蹾，踢掉高跟鞋，爬上桌子环视四周，开始了她的表演：

“摇晃的红酒杯，嘴唇像染着鲜血，那不寻常的美，难赦免的罪……”

隔壁桌的看热闹不嫌事大，甚至开始鼓掌叫好。

我回头望了一眼“石化”在柜台后的老板和一众被学姐霸王之气震慑住的服务员，内心叫苦不迭。

馆子里的“王八蛋”有的已经开始跟着一起唱了，在热心歌迷的陪伴下，学姐的表演也越发癫狂。

白皙的脸蛋上泛着微微的红晕，乌黑的秀发随着她身体的韵律一起舞蹈，如果我不认识她，我发誓不会阻拦如此炫目的表演。

但是事实上这个败家娘儿们边唱边跳，还不停地往下踢东西，在给黑着脸的老板赔礼道歉、结完账后，我的钱包就像被一汽解放轧过的蛤蟆一样扁平。

与此同时，这首《王妃》也即将进入尾声，我淡定地插着手欣赏着她的表演。在最后一个高音唱完之后，整个馆子掌声雷动，伴随着炫酷的口哨还有叫好。我一把扛起这个娘儿们走出了那个人间炼狱。

而学姐在我把她扛上肩的那一瞬间就睡着了，仿佛刚才的狂欢与她毫不相关。

望着天边的一轮银月，我嘴里不禁嘟囔道：

“夜太美，尽管太危险……”

完了，我也被洗脑了。

学姐乃四川泸州人士，自幼饮酒。一岁起姥爷怀抱学姐，以筷蘸酒，七岁已能饮一杯。到及笄之年便能独饮泸州老窖一瓶，寻常男子见之无不惊呼酒国豪杰。

说我在扛回学姐之后做了啥的少侠肯定没有这方面的经验——

平日里娇俏可爱的学姐喝醉后，瞬间重量增长到堪比食堂师傅采买回来的半扇猪肉。

—— 大爷您都 80 多了，还叫老伴“亲爱的”，是怎么做到的？

—— 别提了，前几年我把她名字忘了……

迷迷糊糊的吻

从那以后，不管在朋友家玩到多晚，朋友都坚持把他送回家。一说起这事，老公总是用幽怨的眼神望着我……

跟男神老公结婚 5 年，孩子 4 岁。我一直觉得我爱他胜过他爱我，虽然他温柔体贴，从来不要求我做这做那，但女人嘛，还是容易缺乏安全感。

转折从上个月开始。之前工作得不开心，我就任性地辞职了，在家一待就是一年。对自己越来越不自信，没有目标很迷茫，于是上个月开始失眠。有一晚我实在睡不着很烦躁，他在一旁睡得四仰八叉，还有规律地打起小呼噜。我一时恶从心头起，恨恨地把他伸到我身上的手脚推下去，惊醒了他。我本以为他会生气，结果他迷迷糊糊醒了，脑袋抬起来看了看我，凑过来“吧唧”亲了我一口，然后翻过身去，小呼噜又有节奏地打起来了！

第二天问他，他完全不记得。

从那以后，我睡觉多了一个乐趣——睡不着的时候故意碰碰他，然后就会得到一个迷迷糊糊的吻，屡试不爽。

但这样做的后遗症也出来了，我好像一不小心给他培养了一个习惯：半夜睡得好好的，他会突然醒过来，摸索着我的脑袋，然后找到嘴唇，“吧唧”亲一口，再接着沉沉睡去。我好不容易不失眠了，有好几次都是这样被弄醒的！第二天问他，他也总说没印象，不记得。好吧，自己种的种子，结的什么果都得含泪吃下……

更新：

看了大家的评论，感谢大家的积极参与，看到评论里一位朋友说不要跟已婚的同性睡一起，突然想到两件好笑的事，跟大家分享一下。

某天，老公去一朋友家打牌打到很晚，就跟我说不回去了，直接在朋友家里睡了。然后第二天老公和朋友一起回我家吃饭，饭桌上，聊起昨天打牌的事，朋友突然一脸委屈地说：“以后再也不跟他睡一张床了！他半夜搂我，摸我，还差点亲我，幸亏我躲得快！”看着身高一米八、体重200斤的彪形大汉含羞带怯的样子，当时我就差点被一口饭噎住，喝了半天水才缓过来。从那以后，不管在朋友家玩到多晚，朋友都坚持把他送回家。一说起这事，老公总是用幽怨的眼神望着我……

还有一次他出差，跟同事到某地办事，入住公司指定的酒店。但当时不知道怎么回事，给他们留的房间是大床房，不是标间，跟酒店协商调换也没成功。他无奈入住，晚上跟我说的时候很是委屈，我担心他又“故态复萌”，嘱咐了半天。第二天一早，他就给我打电话汇报情况，说是一晚上他睡得很不踏实，基本能保证没有对同事做出羞羞的事情。但是后来我跟当时那哥们吃饭的时候，哥们跟我说：“姐你嫁给哥肯定很幸福吧？我俩一起睡的时候，他半夜还给我掖被子。”

掖被子，老公也一点印象都没有……

—— 大爷您都 80 多了，还叫老伴“亲爱的”，是怎么做到的?

—— 别提了，前几年我把她名字忘了……

记一个无比丢脸的早晨

作为一个刚刚丢脸丢到极致的姑娘，有那么一瞬间，我感到自己体内隐藏多年的兽性被他的气味激发了，一股热流不可抑制地渗出。天，我今早还是一个人吗!

那天早上我醒来有点迷糊，穿衣洗漱，然后拿上一盒牛奶一袋饼干就出了门，想着赶紧去搭地铁上班。我住的是魔都的那种高层小公寓，运气不好的话早高峰一趟电梯要等十几分钟，而我住的是 21 层。

进第一趟电梯的时候，我还没感到有什么不对，依稀只觉得每层进电梯的人都会往我这边看一两眼，而我浑然不觉只顾着拆饼干和牛奶，然后电梯慢慢到了一楼大堂。

进了大堂里，我明显感觉到气氛不对，周围多了一些关怀傻子，不对，是关怀无知少女的目光……我低头往自己身上一看，竟然没穿裙子！只穿着个粉底肤色的裤袜！那时候我还在实习，八九月的魔都其实很热，裤袜只是用来挡空调风的，半厚不厚的那种，而且我里面的内裤颜色还比较显眼。

我的第一反应是，自己在做噩梦。不知道别人有没有这种梦见自己衣衫不整出门的经历，反正我有时候会梦到！我咬了一下嘴唇，会疼，知道不是梦。

完了！赶紧来辆车把我撞飞啊！别在这里丢人现眼啊！

然后我权衡三秒钟，决定立刻马上赶紧的，上楼回去穿裙子！但是电梯一上一下怕是 20 分钟都过去了，今天铁定迟到啊！不过在迟到和一路丢人丢到公司之间，我选择迟到。转身就往电梯跑，却看到两部电梯一个“2”一个“5”，还有两个向上的箭头。这意味着，我要站在这里等电梯上去再下来，还要忍受电梯上楼过程中众人的注目礼……我试了好几次想用挎包恰到好处地遮住内裤，然而挎包太小，遮了几次都欲盖弥彰……算了我还是把自己的脸捂起来吧。

时间是如此漫长。等电梯的人越来越多，遛狗的小老头、遛娃的宝妈、买菜的阿姨，每个人来到电梯口，我都能感到腿上被视线划过的尴尬，然后来人都不约而同地礼貌性仰望门顶的电梯显示屏。我忽然觉得今天要是没穿裤袜的话，还能强行自圆其说我只是穿着泳裤去晨泳来着（其实晨泳不带泳具直接真空出门也挺奇葩的）……然后又想到是不是偷偷把裤袜脱了会好一些。当我手指头插进袜腰的时候，我才意识到——少穿一件也就算了，当众再脱一条，我恐怕是个智障吧！

一计不成又生一计，对啊，我可以躲进楼道啊！楼道没什么人吧！我故作镇定地转身，走到安全通道口，握住门把手一按，不开！再用力一按，也不开！也许提一下可行？往上用力一提，还是不开！我急得满头大汗。身后传来一个冷冰冰的声音："锁了。"

我简直是恼羞成怒，羞的是我知道所有一起等电梯的人都看到了我刚刚这拙劣而徒劳的躲藏。如果刚刚还有人没注意到我着装的异常，那我现在成功地引起了他们的注意；怒的是消防通道门都敢上锁，会出人命的知道吗！我快要死了知道吗！从小到大没这么丢过人，那一刻我差点原地哭出声，也不敢回头看身后的人群，就静静站在门口面对着空白的门板，克制住肩膀的耸动。

过了好久，感到有人碰我的肩膀，我回头，是个高高壮壮的小哥哥。他对我笑了一下，低头指了指自己腰间扎着的防晒衣，说："这件给你用。"说完又用手比了把袖子当腰带，把衣服当围裙扎起来的动作。我点头会意，接过他递来的衣服，扎在自己腰上，装作刚刚运动回来。小哥哥又向我一笑，比了个 OK 的手势。

那一刻我觉得他就是我的救命恩人。高大的块头，黑黑的脸庞，白白的牙齿，精短的头发，东北口音的普通话，一切都显得那么可爱，那么富有安全感……

我不知道怎么表达我的谢意和感激，于是我鬼使神差地拥抱了他："谢谢你！"

抱上去的那一刻我被自己的奔放吓到。但今早我已经够奔放了不是吗，不差这一点真情流露的表达。我觉得小哥哥似乎也被我的举动吓到了，却还是大方地拍了拍我的肩膀，像旧日的恋人一样说道："好啦，没关系。"

我很没下限地偷偷闻了他身上的味道，是那种刚刚运动回来的汗味，浓烈又刺激。作为一个刚刚丢脸丢到极致的姑娘，有那么一瞬间，我感到自己体内隐藏多年的兽性被他的气味激发了，心里仿佛有一股热流奔涌而出。天哪，我今早还是一个人吗！

然后电梯来了，我和小哥哥都搭上了电梯。快到楼层的时候我才突然想起来要把衣服还给他，他却摆手让我不必解开衣服，于是我扫了他的码加了微信。

回到自己宿舍，换上正常的裙子，看看时间，迟到是肯定了，干脆任性地趴在床尾痛痛快快地哭一场。丢人哭，恼怒哭，感动哭，委屈哭，哭掉半包面巾纸以后，我又像一个正常人一样拎包赶去上班了。刚刚丢人的那个姑娘不是我本人，是另一个傻子的灵魂。

更新：

有人问和小哥哥的后续，就是没有后续啦，确实有点惆怅。

我是比较敢爱敢恨的那种人，比如我敢拿人家的衣服遮丑还顺手揩油。但我个人感情经历又比较滑稽，在学校里要么暗恋别人，要么被人暗恋，就没什么两厢情愿的经历，更别说谈恋爱了，而且好几次暗恋都是因为误会或者不可抗力因素而结束。

但是这不妨碍我这次对小哥哥动心啊。动心的理由，除了觉得他很暖之外，还有个很逗的因素：既然我都没羞没臊地被那么多人看了不该看的，他还不嫌弃（对，我很自作多情地把他的无私帮助理解成他不嫌弃我），那是不是可以在一起呢？

那天晚上我约了小哥哥，要还衣服给他，他住在我楼上。我努力把他的衣服折叠整齐，也想好了一串能够和他聊一会儿天的话题。可是和他站在他房间门口的时候，我有点结巴，很跳脱地问了他工作、老家、喜不喜欢小动物、晨练为什么带长袖衣服之类的不相关的问题。他也一一微笑回答了，但是全程没有邀请我进他屋里说话的意思，可能是怕我有戒备吧。最后我鼓起勇气，说："我就住在楼下，要不你来我屋里坐坐吧？"（后来很多人提醒我不能这么随便邀请陌生男人进屋，我也承认当时很不矜持，可是在当时，我潜意识里相信小哥哥不是那种人。）

然而小哥哥悠悠地回答："挺晚了，改天吧。"不带疑问语气的那种。

我觉得自己又受到了一次暴击。他为什么拒绝？我不知道他为什么要拒绝，我拒绝接受他的拒绝，我想不通。他是个绅士，而我像一个发情的少女。我没想好我们能不能在一起，却已经开始幻想被他扑倒的感觉，而他轻易地识破我的把戏并拒绝了。

我好羞耻，好幼稚，心里又有种野兽苏醒般的暴躁。

但是没有办法，他太高大了，我没法把他怎么样。莫名想哭。

女生被欺负的时候毫无疑问是弱者，女生想欺负男生而不可得的时候，依然会觉得自己是弱者，好可笑啊。作为女生，拒绝不喜欢的男生的时候总以为理所应当，可轮到自己，做好发生一切的准备却被拒绝，才发现自己的内心有多崩溃，骂自己为什么那么贱。

其实小哥哥虽然相貌威猛，双商却不低，言谈举止明显比我成熟。我知道自己对他“走肾”了，他也看得出我对他“走肾”。可能他眼里的我让他感到不踏实吧，我能理解。小哥哥说改天约，可我大概再也没勇气去他家，也没勇气再约他了。后来，我持续关注他的朋友圈，成了点赞之交。再后来我实习完毕就搬走了，从此天各一方。

—— 大爷您都 80 多了，还叫老伴“亲爱的”，是怎么做到的?

—— 别提了，前几年我把她名字忘了……

#“渣女”的自白#

就起了个歪心思，结果把我整个人都搭里面了。

大二下学期，我被一个学长追，学长长得很一般，但专业很强！我就想先吊着他，让他平时帮我做作业什么的，吊久了说不定大四还能帮我做做毕业设计。小算盘打得噼里啪啦的，我寻思我可太聪明了！

暧昧期他就帮我写作业了，我没有半分逼迫。他每次接过课题都保质保量完工，唯一条件就是我要在旁边坐着陪他。我脸皮也厚，每次都抱个笔记本去手工室坐他旁边看电影，他认认真真做手工，我俩互不打扰。从那以后几乎每门手工作业我都得了高分，成绩从班里倒数一下蹿到前十。

再后来我发现他这人很有上进心，虽然家境很差，但寒暑假办软件班、美术班，还兼职做家装，学费、生活费都能自给自足。他很有才华，手绘很强，参加设计比赛随随便便就能拿奖，认真帮我做功课的样子挺吸引人的，我就勉强答应做他女朋友了。

再后来，他大四在学校附近找了工作（专业不对口，很烂的工作）。有次我说我家人在 × 市，毕业肯定是要去那里定居的，以后和他在一起的概率挺小的，不如早点儿分手，早结束也能少点儿痛苦。

我疏远了他一段时间，拍完毕业照那天他说他辞职了，说他要去 × 市找工作。我蒙了，但看他认真的表情不像开玩笑，就陪他去了 × 市，我不敢告诉家人，偷偷带他住我堂哥家。

找了一礼拜工作都不怎么顺利。最后一天，我记得那天是周六，他鼓起勇气，没有预约，揣着最后一份简历直接去面了一家很大的汽车设计公司。他刚说了来意就直接被前台拒绝了，结果那天设计部主管在加班，吃完午饭回来刚好撞见，闲着无聊就接待了他。谈了三个小时，面完我们就赶火车回去了。

我们都没抱希望，没想到回去第三天，公司竟然打电话通知他一礼拜后去上班，薪资还远超预期。他激动得当天就开始收拾行李，余下东西打包往家里寄，隔几天背上包就去了。这一去我们就异地了一整年。

再然后我毕业回了 × 市，接着我俩同居，见家长，订婚，结婚。我爸妈也不知道看上他什么了，倒贴房子（我爸妈出 50 万首付，房本写我俩的名字）和车子（我爸开了一年多的 A4）就把我嫁了！婚后他爸妈连借带凑拼了 10 万，加上他自己攒的 5 万，我们把房子装修了。从确定关系到现在八年多了，孩子还有一个月就出生了。

现在想想还是一身冷汗——

就起了个歪心思，结果把我整个人都搭里面了。

太可怕了。

—— 大爷您都 80 多了，还叫老伴“亲爱的”，是怎么做到的？

—— 别提了，前几年我把她名字忘了……

欠老婆的债，永远也还不清

以我之前对生孩子肤浅的理解，认为孩子出来，就是渡劫成功，再苦再疼都过去了。现在才知道，其实一切才刚刚开始……

没错，孕妇就是可以为所欲为……哦不，被特殊对待。

在我结婚生子之前，我自以为是个对女性很照顾很尊重的人，觉得相比那些大男子主义、“直男癌”晚期患者来说，自己简直就是骑士精神的代表。可是，在看到产前阵痛的老婆在医院床上疼得“徒手拆床”的时候，我还是震惊了。

我震惊的是，就算我自诩体谅女人，也深深低估了生孩子——从怀孕到生产，再到产后恢复期对女人身体的摧残程度和影响。我震惊的是，男人在整个生育过程中所付出的竟然如此之少，甚至可以忽略不计，而让女人承担了几乎所有副作用、后遗症甚至风险。以至于在病床旁无力地看着自己心爱的老婆声嘶力竭哭喊的我，一度后悔要了孩子，觉得这是我今生对老婆欠下的永远也还不了的债。

从怀孕开始，女人就开始受到不同程度的影响。我见过怀孕后就一点儿食欲都没有的女同事，开会到一半就已经冲出去吐了三四回。相比之下，我老婆的怀孕反应还算轻微，食欲正常，孕吐不明显。就算如此，随着孕周增加，怀孕也开始由轻变重地对我老婆施加着影响。

老婆的怀孕反应是从时不时会头晕开始的。我相信，大部分中国女性怀孕初期还是会继续上班的。而孕妇一旦进入人多狭小的密闭空间，如地铁车厢、拥挤的公交车等，就会头晕，眼前发黑。我老婆几次都是靠着仅有的意识死死抓住栏杆才没有摔倒。

之后，随着肚子渐渐变大，挤压内脏，身体会出现多种不适，但较为直观的就是膀胱被挤压后出现的尿频。我老婆本来能一觉睡到天亮，结婚前从没有夜尿过。肚子稍大点儿后，每天夜里至少起来两次，出门在外也要时刻观察哪里有厕所，避免长时间的憋尿。有时候，我夜里蒙蒙眬眬地感觉到身边的她起床上厕所，心里总会有些愧疚感。

这些都是孕期老婆时不时会和我说的。我相信还有很多她没和我提过。

现在想起来，和生育、产后这两个环节相比，孕期的痛苦已经算轻的了。

前文说的阵痛，用文字去表述真的很苍白。用我老婆的话说，那感觉就像你躺在地上，然后让一匹马或者驴，用蹄子可劲踩你的肚子。想象一下吧，我觉得这一点都不夸张。

我自己“有幸”患过一次急性肾绞痛。不知道那算几级的痛感，但是应该能算是接近阵痛的了。那天整个急诊室都是我的哀号声，当时要是有人递给我一把枪，我能毫不犹豫地给自己的太阳穴来一发，绝不夸张，因为和忍受那种痛苦相比，死简直就像是舒服地躺在天鹅绒床垫上。我那天的疼痛持续了两三个小时，打了吗啡就好多了。但孕妇呢?

我老婆的阵痛持续了整整 24 小时，而我母亲生我时足足疼了一天半。我老婆那么柔弱的一个小女生，差点把床两边的围栏拆了，生完之后手臂酸了好几天。在一旁什么忙也帮不上的我真的感觉，人类进化了几百万年的生育机制简直是反人类的存在。

古时候说生孩子的女人都等于从鬼门关前走了一遭，一点不假，简直是在地狱走一遭。

以我之前对生孩子肤浅的理解，认为孩子出来，就是渡劫成功，再苦再疼都过去了。

现在才知道，其实一切才刚刚开始……

老婆刚生完孩子时，没办法自如地排尿，每次都要我在一旁陪同，打开旁边的水龙头刺激，许久才能尿一点。因为顺产，那里有多处的撕裂，我亲眼看着缝了好几针。不过我老婆说，到后面，缝针的疼痛已经感觉不到了，都被阵痛覆盖掉了。

之后她就开始坐月子。由于某些原因她不能亲自喂奶，每隔两三个小时就要用奶泵将乳房里的奶吸出。夜里也是不停的，至少要起来两次，泵奶 15 分钟，然后清洗奶泵，消毒。前前后后一个小时，才能再次睡下，两个多小时后又被闹钟唤醒，继续轮回。有时候实在太累，她按掉闹钟就又睡着了，结果一觉睡醒，乳房里已经结块了，如果再晚点儿发现，就会产生剧痛。这种痛，我舅妈当年没经验就曾经感受过，让她在去医院的路上疼得号啕大哭……

这当中还不算孩子突然闹起来的情况。现在，双休日夜里我会分担带孩子的任务，让她吸完奶就别管别的了继续睡。平时我上班的话，她就会起来热奶、喂孩子，然后自己泵奶、清洗，几乎就是通宵不眠。每次我早上蹑手蹑脚地起床，都会心疼地看看熟睡的她，十分无奈。

现在她休产假，不用上班，还算方便。将来上班呢？在公司，她还是需要泵奶。怎么办？只能带着奶泵抽空躲到厕所里偷偷地泵，换你你难受不？

因为长期高频率地泵奶，老婆的乳房已经是伤痕累累，皮破出血的伤口刚刚结痂就又被奶泵强大的抽力再次弄破。如此反复地破了好，好了破，每次吸奶都是咬着牙忍耐着。如果是亲自喂奶，其实更疼，小孩吸奶时也常常会咬破乳头）。

这还不算完，因为激素水平变化，从没得过皮肤病的老婆莫名其妙地得了湿疹。胸口是重灾区，全是密密麻麻的红色疹子，看上去十分恐怖，而且奇痒难忍。实在没办法，只能去医院，但因为是哺乳期，医生也不敢用药，只能开些炉甘石洗剂让涂在患处，缓解一下。想要根治，可能要等哺乳期过了才能用药治疗。

女人最宝贝的皮肤，也会在哺乳期变得很差。我老婆原本婴儿般的肌肤，现在很多地方都出现橘皮、鸡皮等。这对一个女人来说简直是致命的打击，我老婆当时说着说着就哭了。

生孩子对女人生理结构的影响也非常大。你想象一下，你是男的，一个婴儿那么大的玩意从你的肛门里挤出来……想象到了吗，各种撕裂就不提了，你觉得肛门还缩得回去吗？就是如此，我老婆现在每次出门走路，都要忍着下半身隐隐的疼痛，每隔一段时间就要去医院做修复，不然这可能会导致漏尿等各种不便，而且这毛病一跟就跟一辈子……

我的丈母娘生我老婆那会儿是在乡下，农村重男轻女，生了女儿的丈母娘根本没有得到应有的照顾，在月子里就下地插秧去了，结果落了个下半身水肿，一直到现在都没好，应该就算是一辈子的病根了。

还有很多，想详细写真的能写一大堆，什么身材走形、产后抑郁等等。而我们男人付出什么了，一只蝌蚪？

我本来还想着要不要二胎，现在我觉得那简直就是犯罪，只想让老婆能尽可能地恢复如初。

所以，现在你还觉得孕妇认为自己被特殊照顾是理所应当的有错吗？

一个如花似玉的姑娘，为了家庭付出那么多，如果还不能被特殊照顾，还有王法吗，还有天理吗？

我其实不太喜欢“直男”这个称呼，总感觉是对我们广大男性的侮辱。但在生孩子的问题上，很多男同胞的确想得很简单。

知道累，知道疼，但也就那么回事。

前两天和一个男同事聊天，他还是单身。说到我老婆休产假在家，他居然十分羡慕地说：“这么爽？”

之后我说：“我也会参与带孩子。”

他居然有些惊讶地看着我，然后说：“你老婆在家不上班，让她多带带就好了。”

怎么说呢，夏虫不可以语冰吧。我只能笑笑。

老婆坐月子的时候，我花了小几万送进了月子会所。当时几个关系不错的朋友聊天的时候调侃我太有钱，居然还去月子会所。

其中一个朋友的收入是我的两倍多，从他的口气里能听出他认为住月子会所有些划不来。可能现在很多人也这么认为，觉得让家里老人来帮忙就行了，何必多花钱。

我收入一般，一年十万不到，但毕竟省吃俭用五六年，还算有点积蓄。现在看下来，月子会所真的很值，绝对不亏。

作为新手宝爸宝妈，孩子落生之后可以说心里真的很忐忑。我当时连抱都不敢抱我儿子，生怕哪儿哪儿弄坏了。加上连夜生孩子，我那时候两三个晚上没睡觉了，老婆也是。结果愣是在医院里乱七八糟瞎忙了一天，看到隔壁床在喂奶，才想起来，孩子出生一天了奶还没喂过。之所以没想起来，是因为老婆当时还没奶。孩子因为早产了几天，估计也没力气哭，所以就这么忘了。

之后出院直接就去了月子会所。可以说，接下来的一个月对我们两个新手爸妈来说真的是极好的缓冲期。

第一个十天，我们几乎将孩子全天托管给会所。自己只要按时吸奶就好。

第二个十天，我们开始白天自己带，睡前托管。渐渐开始习惯带孩子的节奏，也让宝宝开始熟悉我们的声音。

第三个十天，我们就开始全天候地带娃了。

这当中，会所的专业月嫂们会给我们很多科学的指点，例如如何识别婴儿的哭闹原因，如何换尿布、洗澡、早教、抚触等各种细节。

如果没在会所待过，我是无论如何都想不到要将孩子喝奶、排泄、晒太阳、喂益生菌这些全部详细记录下来的。这能让孩子的状态一目了然，及时发现异常情况。

而在宝妈的饮食、产后恢复方面，会所也能给产妇最专业的服务和科学的建议。

总之我非常推荐有条件的家庭参考一下。

更新：

别夸我啦，其实作为男人，能做的和分担的真的非常有限，受之有愧。

母亲真的很伟大。

本人正宗85后，双子男，确实比较感性，多愁善感（朋友都觉得我比较矫情）。

有人觉得我措辞浮夸。没错，在现实生活中我也这么被人说过。因为我是个敏感且情绪化的人，写得激动了，确实会有些收不住感情。

之所以匿名，除了不想让老婆知道外，其实更多是自己性格使然吧。同时也想让这篇文章更纯粹一些，被更多男同胞看到，了解生孩子、带孩子的不易。

—— 如果运气不好，那我再试试勇气。

—— 如果运气不好，那我再试试勇气。

愿世间再无毒品

想起我十岁左右的那年，我爸爸被抓到里面强制戒毒两年，他出来的那天，我和我妈坐公交车去接他。看到我爸出来，人也长胖了，精神状态也好了。那个时候的爸爸好好啊。

很多来我家玩过的叔叔阿姨最后都因为吸毒过量死了。

我至今都不知道我爸和我妈谁先沾染上这个“万毒之王”的。

我爸我妈会因为毒品拿烟灰缸互砸。

因为毒品，他们把房子卖了，瘾来的时候甚至会把洗衣机、电视机等一切能卖的东西都卖了，就像《梦之安魂曲》里面那样。

我放《梦之安魂曲》给我爸妈看，我妈一晚上没睡着，跟我说一定不会再碰那个东西了。第二天我依然发现了针管。

针管这个东西时不时就会在我家的某个隐秘角落被我发现。

戒毒所去了几次，只要回到熟悉的环境依然复吸。

我外婆把我妈关在家里，我妈瘾犯了，直接从三楼跳下来，脚摔断了。

有段时间我每天陪他们去喝美沙酮，但只要我一不在他们身边，他们又会想办法吸。

多年的吸毒经历已经把他们的身体伤害得很严重，爸妈的血管已经变成黑色，整个人像是行尸，再没有照片上的气色。我每一次回家都有可能是见他们的最后一面，不知道哪一天他们就会因为吸毒过量而死去。

而这是绝大多数海洛因瘾君子最后的路。

这是他们人生的解脱。

能试的办法都试过，人的心瘾太可怕。

查过各种资料，几乎没有成功戒掉海洛因的；如果有，就是依靠完全陌生、完全新的环境，再加上各种客观原因。

我恨自己没能力，不能把他们带到一个全新的、没有污染、干净的环境。

我只是一个 22 岁的“孩子”，这么多年来，在这样特殊的家庭有太多跟大多数孩子不一样的经历。

从小抱怨过无数次，甚至有时候恨自己的父母：为什么你们给了我这样的成长环境？为什么你们不能给我一个温暖的家庭？

直到有一次，我姑妈跟我讲：“你爸正常的时候想起你都会哭，觉得对不起你。”

我才发现他们也是受害者，他们在被毒瘾控制的时候就像个孩子。只要能得到那一点白色粉末，什么都不重要。他们会用尽一切办法。

亲人？是可以用来毫无底线伤害的。

朋友？更是可以没有原则欺骗的。

陌生人？瘾君子、抢劫偷盗的刑事案件数不胜数。

所以在这个世界上，我爸妈的朋友一天一天在减少，从他们沾染上海洛因开始，整个人生的轨迹就开始扭曲。

我没有放弃他们，我也没能力救他们，但我现在至少不会再像以前一样逃避了。

我可以直面我的家庭背景，并且长大，生活在一个“万毒之王”的世界里。

我敢面对了。

从知道我这个特殊的家庭情况开始，我慢慢了解了，被理解是这个世界上最难的事之一。这个世界哪有那么多的感同身受，我从小到大的成长环境甚至让我不敢面对这个问题。我怕被孤立，我怕被背后嘲笑、指责。

那一句从几岁小孩口中说出的“我爸妈不让我跟你在一起玩”，伤害大到我现在想起依然会心痛。

我希望以后再没有小孩会被教育：“你以后再也不许和他玩，

因为他爸妈是吸毒犯。”

我希望这个世界多一分宽容，宽容的基础是理解。

愿世界再没有毒品。

愿每个家庭都是幸福的家庭。

爸、妈，我爱你们。

更新一：

父母现在状况已经比以前好很多，因为政府的关注和扶持，他们每天会去我家附近的一个药物维持治疗中心喝美沙酮。喝了美沙酮，他们不吸海洛因身体也不会很难受，但得自己控制心瘾。父亲申请了低保，而且得到了一个廉租房的名额。我们一家现在住在三环外政府提供的廉租房里，每个月租金只有几十块，因为我们自己的房子被爸妈卖了，所以我们一家人挤在这个一室一厅几十平方米的房子里。说到这里还是要感谢国家、感谢政府的，不然我们会连一个容身之处都没有。

我今年 23 岁，成都人，目前也生活在成都。因为初中叛逆，读的职高，文凭不高。从小我妈就以我要学跆拳道啊，画画啊，书法啊，各种理由和借口骗我外婆的钱，而我，在自己独立前的人生中，什么都没有学。看见身边的朋友有钢琴 10 级的，有跳舞跳得好的，有从小被在川音（四川音乐学院）当老师的爸爸逼着练琴，现在晚上在酒吧唱几首歌就可以有几百块收入的，我觉得从小的教育很重要，并且越来越明白学习的重要性。

因为爸妈染上毒品，他们现在没有正常的朋友，能称为朋友的全是同样吸毒的瘾君子。并且我们一家在所有亲戚眼中都是不愿意来往的一家，更别说还有谁会帮助我们了，他们都躲得远远的，因为我爸妈找他们借钱把他们借怕了……

我每个月要负担我爸妈喝药的费用，家里生活费不够我也得贴补。最关键的是，因为从小没有学习什么技能，在叛逆时期也放弃了学习，我现在找不到什么月薪比较高的工作。所以我没事的时候就多看书，一有点儿多余的钱就去学习，尽管我知道要想改变我目前的生活状态不是那么简单的事，但我得去改变，而一切，只有靠自己。

有人评论说："很心疼你，有没有什么方法可以帮助你？"

我说："你在发来这条评论的时候已经是在帮助我了，虽然对你来说你只是用手机打出了几个文字，但对我来说，这就是什么也买不来的帮助。我会努力，好好生活，神救自救者！"

虽然我在某些方面很不幸，但我真的觉得老天并没有抛弃我，他在我身边安排了好多真心朋友，而这些朋友对我都很好。我朋友"双十一"拍了一个片子，其中问了很多问题，我跟那个朋友一起回答了同样的问题。

有一个问题是"你觉得你人生最大的成就是什么？"

我说："我觉得我拥有很多真心跟我相处的朋友，这就是我目前人生最大的成就。”

我的很多朋友并不知道我有这样的经历，不知道我是在这样的环境中成长起来的，因为我在他们面前是一个乐观、积极的人。他们真的都对我特别特别好。

感谢缘分，让我认识这么多愿意与我关照彼此的朋友。我爱你们。

再说一下“我希望以后再没有小孩会被教育：‘你以后再也不许和他玩，因为他爸妈是吸毒犯’”这句话。

收到很多网友的评论，我完全理解并认同你们的想法。如果换作是我，我也许也不会让我的孩子跟他一起玩。因为毒品太残酷，我再也不想任何人再沾染上这个东西。无论是谁，何况自己的骨肉。

我希望更多人认识毒品的危害性，并用尽一切方法保护自己，让它从我们的世界消失。

只是我希望，我们在保护自己孩子的时候，可以再多一丝思考，可以换一种方式，比如说用一些善意的谎言。不能跟他玩的原因有很多，我们换一个不会再次刺痛那个孩子的。

如果你还是坚持这样说，我也可以理解。毕竟只要自己的孩子能健康快乐，大多数父母就已经很幸福了。

但我想如果你的亲戚中有小孩的爸妈吸毒，我希望你能多给他点儿关爱，能多为他做点儿什么，而不是像其他人一样再次把他当特殊的人对待。毕竟孩子是无辜的啊！而且有很多小孩会因为受到这样的歧视而出现心理问题。“我什么都没做错，你们都不跟我玩，觉得我是坏孩子，大人也不喜欢我。那我就去当坏孩子，进入一个坏孩子的群体会有归属感。”我觉得这种情况是存在的。如果我们能为他多做点什么，说不定就改变了一个孩子的成长轨迹。

还有很多评论说：“你一定要坚强，你一定不要再走向这条路啊。”

我是绝不可能吸毒的！老实说我曾经也叛逆过，我以前的朋友中也有吸冰毒的，但我，人生到现在一口也没吸过。说到冰毒，想再说一句，我前几天在春熙路碰见一个以前吸冰毒的朋友，他现在已经脱离了以前的圈子，把冰毒戒了，几年没吸了。沾染上毒品是件很不幸的事情，但他沾染的毒品不是海洛因，真是不幸中的万幸。祝福他越来越好，我的朋友。

如果我能以我的能力做一些事，能让更多的人知道毒品，尤其是海洛因的危害，任何事我都愿意去做。我不愿意世界上再有家庭因为海洛因家破人亡。

再次谢谢每一个认真看完我文字的人，每一个给我评论的人，每一个给我加油、鼓励的人。你们让我知道，我并不孤独。

我很喜欢一首歌《给十年后的我》，朋友还因为这首歌拍了个片子。

我很爱笑，希望十年后的我还是那么乐观、那么爱笑。

更新二：

第一次写这个的时候是在 2017 年，现在是 2019 年，这期间我经常回来看看，看到大家的评论、赞同和感谢，心里默默地感动，但也没有再写自己的最新情况，只想好好努力，希望下次再上来与大家交流的时候可以让大家感觉到我越来越好了。

但今天我想上来写点什么，因为就在前两天，我的人生又发生了一件大事。

2018 年的某一天，我在家，几个小时之内，就有好几个人来敲我家的门，或是打我爸的电话。然后我爸就开门，与门外的人小声地说上两句话，然后关门。但来敲我家门的人实在太多了，哪怕半夜凌晨两三点也会有人来。我们现在住的是政府提供的廉租房，房间很小，我在客厅摆了一张很小的单人床，窗挨着墙壁，所以半夜我爸开门的时候，我基本都会醒。在第二、第三天的时候，来敲门的人还是那么多，以我的直觉，我觉得我爸开始卖毒品了，就是大家所说的以贩养吸。而我爸妈沾上毒品的十多年，这种情况是从来没发生过的。

在我基本确定这个事情后，我就找我爸我妈正面说了这个情况，他们也不避讳我，承认了。然后我就给他们强调了这个事情的严重性，以及他们现在的这个行为以后会导致怎样的后果。我爸妈只是点头附和我，说知道这个事情很严重，以后会注意。

就这样，在2018年的7、8月份，我爸妈开始了他们新的人生。我妈居然隔三岔五地在网上买耳环、戒指之类的首饰，他们也经常出去吃饭，总之就是家里的经济情况跟之前大不同了。

2018年9月，我认识了我女朋友。因为我家里经常半夜有人敲门，我爸也会把杂七杂八的人往家里带，我在家住着太痛苦了，乌烟瘴气，我就每天在我女朋友家住。

我时不时回家一次，我爸有时候要去送货，我妈也因为经济条件变好了，下午和晚上经常去小区的茶铺打牌，所以我经常见不到他们。我每次回家只要能跟他们见面，都会对他们说："你们现在做的这个事情很严重，我宁愿你们不像现在过得那么好，但至少人是安全的，也不愿意你们做着这样的事，每天都提心吊胆。"他们只是回答我："知道了。"

但后来我不再说了，我觉得我想通了，他们都是成年人，这是他们自己做的选择。人一旦卷入欲望的旋涡，再想凭自己的意志力出来太难了。

2019年5月10日，我在上班，接到我妈的电话，听到几个字我整个脑袋就空了。

"你爸出事了，进去了。"我虽然对于他们会出事这件事心里有准备，但听到的那一刻，我整个人还是蒙了。

以我妈高调的性格和我爸一点都不避嫌地把杂七杂八的人往家

带的情况，我就知道他们早晚会出事。但现在我爸出事了，意味着我又需要像以前一样，扛起这个家所有的事情了。

问了一些我爸大概的情况后，在女朋友的帮助下，我联系了律师，跟律师电话沟通了大概的情况，约好第二天在他们律师事务所见面。

5 月 11 日，本来周末律师事务所不办公，但律师还是跟我约好 11 点在律师事务所见面。见面聊到我爸我妈的情况，我把从小到大的情况都如实地给律师说了，律师告诉我，对刑事案件要做好心理准备。我问了具体的收费，律师说见了人才知道案情轻重，才好评估后续的律师费，见人是要 3000 块，后续的费用算下来基本要几万块。

律师在跟我聊天的时候也感慨道，像我爸这种情况，只要不判死刑，其实判个十年八年对他也好，对我也好。做律师的见过各种各样的人、各种各样的家庭，她也提到，我能在这种家庭环境中成长起来，还没沾染恶习，太不容易了。

见完律师，跟我妈打电话，说了我现在面对的真实情况，这 3000 块钱我倒是给得起。但是如果律师进去见了我爸，会不会让我爸以为我们会给他想办法？会不会让我爸以为有希望？后续几万的律师费用我真的没有能力去负担，到时那种希望破灭的感觉会让他更难受。

所以最后我决定不给我爸请律师。我问了我爸被抓时的情况，应该是身上有十几二十克海洛因。法律规定，贩卖海洛因，低于10克，判3年以下有期徒刑，高于10克低于50克，判7~15年有期徒刑。对我来说，只要我爸还能活着，就好。

5月13日，早上去派出所领我爸的随身物品，拿他的拘留通知书。他已经被送到成都市看守所，警官对我态度特别好，语重心长地对我说："小伙子啊，毒品这个东西千万不能碰啊，一碰就毁一辈子。"

12日给我爸买了贴身衣物、拖鞋，回家给他拿了被子。13日下午去看守所给他送东西，成都市看守所在安靖。走到看守所门口，想起我十岁左右的那年，我爸爸被抓到里面强制戒毒两年，他出来的那天，我和我妈坐公交车去接他。看到我爸出来，人也长胖了，精神状态也好了。那个时候的爸爸好好啊。

而今天，在给我爸填写单子的时候，想到他现在就在里面某个小屋子里关着，他恢复自由的那天，可能是7~15年之后了。我爸爸今年已经55岁了，再出来就是60多岁的人了。想着想着，我就哭了……送东西的时候要拿户口本证明我们的关系，我随身也携带了爸爸的身份证。看到他的样子，好想他，真的好想他，不知道他在里面又会经历怎样的生活。

7~15年，我希望我能好好努力，等爸爸出来后，我真的有能力可以把他带到一个新的环境去好好生活，让他余生的日子能真正感受到幸福是什么滋味。

命运是不是就是这样，在你的生命中，给你带来一个美好的人，就会夺走你生命中的另一个人。

2018 年我认识了我现在的女朋友，她在情人节的那天在我的回答下写过我们的事情。下文是她写的。

父母都吸毒的孩子长大后会怎么样？

分享我的一个真实故事。2018 年我认识了一个男生，他挺好看，笑起来一边脸上有个小酒窝，经常挂在脸上的笑容让人觉得温暖，更重要的是这个男生心善。他喜欢 hip-hop、篮球；他情感细腻，甚至有点过度敏感，看到电视上谁过得很惨，都会跟着叹气，甚至偷偷抹泪。我心里笑他是个幼稚的爱哭鬼，他却常说他有很强的同理心，对别人的痛苦能感同身受。

认识不久，我们就恋爱了。其实很多人在听说我们的情况后，并不看好我们。因为我比他大不少，现在是一家公司的高管，海归硕士，一直被爸妈宠着长大；而他没上过大学，家里条件不好，从小父母不在身边。但几乎所有人看到我们在一起的状态后都说，这男生真好，非常阳光，对我的爱写在脸上，连傻子都能看得出来。

我以前玩得很疯，抽烟喝酒泡夜店。当年留学的国家毒品管控不如国内严格，一些软性毒品十分常见。我曾绘声绘色给男友讲述当年在国外的经历，还大言不惭说我们玩得都很有底线，再怎么样也不会蠢到去吸食海洛因。男友只是默默地听着，说他绝对不会碰任何毒品，也没有尝试的欲望。他还常常劝我少抽烟。

我和男友有个共识：哪怕是伤人的真相，也好过谎言，所以不论是对过去的经历还是对未来的想法，我们都要坦诚相告。相处的时间越长，对彼此的信任也越深。我对他没有任何隐瞒，我以为他同样如此，直到有一天的饭局。

那天我们和他的哥们儿吃饭，饭桌上，第一次见我的哥们儿突然悄悄问他："她知道那件事吗？"他回答："不知道。"虽然他们声音很小，我还是听到了。我没有当场发问，继续给足了他面子，和大家吃吃喝喝，心里却开始各种猜想……

回到家，关了灯躺在床上，我直接发问，到底有什么事瞒着我？我逼得紧，男友只得说出了实情。而他一开口就像一记重拳狠狠地捶在我的心上。

"我的父母都是吸毒的，从小我就是爷爷带大，父母把家里能卖的一切都卖了，同学们也都不跟我玩……"

他在漆黑的夜里平静地讲述他的童年及成长中的残酷

遭遇，我震惊得一句话都说不出来，眼泪抑制不住地汹涌而出。其实才认识没多久，我开车送他回家，看到他家小区门口写着保障性住房的字样，就知道他肯定过得很苦。因为从小受到的教育，我从没主动去打听他父母的工作，不想他有一点点的难堪。然而现实远超出我所有的预想。男友说家里最难的时候，全家人连五块钱都拿不出来，亲戚朋友没有一人愿意伸出援手。男友说的时候，声音没有太多的起伏。我在安静的夜里抑制着，不想让他听到我已经哭得连枕头都湿了。

这个时候我才明白，他的同理心并非与生俱来，而是对不幸有着真正的感同身受。

这个时候我才明白，当初我给他讲述我那些所谓很酷的过往是多么的愚蠢。

这个时候我才明白，男友是多么值得珍惜的宝贝——逆境未能将他击垮，反而让他更加善良、懂得爱。

所以，在今天，2019 年 2 月 14 日情人节的这天，我在这里写下这段话。想告诉大家，谢谢你们对他的鼓励和支持。男友现在很幸福，因为有我深爱着他。

也希望男友的经历能给所有不幸的人以信心，不论生活如何待你，都请真诚以待，人生很长，不好的总会过去。

我很幸运能有她陪伴我，在我爸爸出事的这几天，我几次都觉得快撑不下去了，但还好有她一直陪伴。

谢谢我的女朋友，也希望能给看这篇文章的每一个人带来力量。就像我女朋友写的那样，不论生活如何待你，都请对它真诚以待，人生很长，不好的总会过去。

—— 如果运气不好，那我再试试勇气。

他还是一个学生，却撑起了整个家

有时候他说自己有事不和我们一起去食堂，但是我们却发现他自己打一份六毛钱的花生米，和那种比较差的一毛五一两的米饭，细嚼慢咽地独自吃饭，看起来很孤单。

我的一个室友是河南南阳农村人，家里有六个孩子，他排行第四，有三个哥哥、两个妹妹。

2002 年入校，室友只带了 1000 块钱，学费 4140 元，他没钱交。一入学，班里有两个国家奖学金名额，12000 元的一等奖给了一个女生，8000 元的二等奖给了他。

靠着这 8000 块起步，室友维持了大学四年的生活。早晨起来背单词，晚上上自习，每节课认真听讲，作业和笔记都做得非常认真。

他还做了两份兼职，勤工俭学，每天中午和下午在校园里面扫垃圾，每个月工资 150 元，同时在院里当学工助理，每个月工资 200 元。此外，他每周有五天在外面做家教，声誉极好。最后他作为优秀毕业生毕业，拿了很多奖学金，也挣了不少钱，他把钱都给了家里，自己还助学贷款。他还帮家里重新盖了房子，给两个哥哥出了彩礼钱，帮他们娶上了媳妇，帮一个妹妹攒够了大学的学费。

这些背后是他的万般辛苦。我们下课后去吃饭，他要先去扫垃圾，做勤工助学。有时候他说自己有事不和我们一起去食堂，但是我们却发现他自己打一份六毛钱的花生米和那种比较差的一毛五一两的米饭，细嚼慢咽地独自吃饭，看起来很孤单。

室友做完家教，回到寝室就很晚了，怕影响我们休息，用被子遮着灯光学习。他大二就有意识地学做 PPT 之类工作后要用到的东西，为了增加实习机会，好找工作。订不起报纸就收集人家看过的 *China Daily*，逐字逐句查单词、摘抄。做家教和学生家长处得很好，学生家长给他买新衣服，他却寄回家里，从邮局出来时总是满脸喜悦。

在那个人均四分地的贫困村，他是全家八口人的希望。他还是一个学生，却撑起了整个家。

毕业后他找到一份工作，先在昆山买了小房子，然后换到嘉定，后来换到市里。做好自己的正式工作的同时，还在做兼职家教。大家都在抱怨房价的时候，他默默挣钱，从郊区小房子开始，一步步给了女朋友一个在上海属于自己的家。前几年他已经根据积分政策落户上海。

前年毕业十周年聚会，我们班里女孩多，我允许她们带孩子带家属来。我们都喝多了，只有他，肩膀上骑着一个孩子，怀里抱俩孩子，帮同学们看了一晚上孩子。其他同学都在喝酒，他在防止孩子们因爬来爬去钻来钻去跑来跑去出遇到危险。

他是一个很棒的人。出身农村，用自己的踏实、上进，改变了自己的命运，给了家人坚定的守护。

我也要为我的其他室友点赞，特别是上海那个室友。他家里很有钱，但是为了照顾这个河南室友的心理感受，大学四年我们都吃一块六的套餐，吃一块钱的热干面、六毛钱的素粉，一周攒钱吃一次堕落街的夜市，一个月吃一次 16 块钱的自助火锅。我们一起饿得“扶墙进”，撑得“扶墙出”，一起喊着号子挖店里贼硬的冰激凌，开怀大笑。

大家很快乐，穷开心也是真开心。在十几年前的那段岁月里，我们寝室中家产千万的室友和家里一贫如洗的室友，没有阶层隔阂，没有攀比，没有嫉妒或者歧视，有的是一份真正纯净质朴的同学感情。

也感谢我的学校。我们学校一直没有盲目地扩招，入学的时候我看到过很多贫困生，真的见到过背着一麻袋的零钱，五块十块地来交学费的，一麻袋钱加一块儿也不够。

我们军训的时候发的还是那种 20 世纪 80 年代的迷彩服，绿色的最土的那种，有好几个同学，那套衣服一直穿到毕业。

虽然学校不是特别富裕，但是十几年前，每年能拿出 1000 多万，用来设置各种各样的勤工助学岗位，保证所有的贫困生都能够申请到，能完成学业。学校鼓励班级搞各种各样的班级活动，所有的活动学校都会给补贴。比如我组织班里同学去东湖骑自行车，学校就会给补贴 150~200 块。靠着这些钱，我们可以名正言顺地保证所有家境不好的同学参加班里的聚餐。每年春节都有回不了家的贫困生，学校会给他们送饺子，校领导会去看他们，给他们包红包。

学校从来都不要求贫困生上台做演讲，做各种“感谢某某机构某某领导给我上学的机会”这样的表态。这一点即使在现在，很多学校也做不到。

我们学校的外语专业不是特别好，很多同学在我们外语系毕业以后，会跨专业考研或者跨领域就业。校领导知道这个情况，所以为了让学生更加全面地发展，我们学校的外语系是要上高等数学课的。

我们学校学风不错，就是穷孩子多。因为学校的优势专业都是艰苦专业，默默无闻扎根野外那种，所以不太浮躁。

有人问到我的贫困生室友时间怎么分配的问题。确实有的时候会有时间上的冲突，但是我们会帮助他，比如捡垃圾，比如完成学院的学工助理工作。学工助理的工作一般是值班、收发送材料之类，他实在没时间会告诉学工组老师，然后我们会有人去帮他，作为回报他会请我们吃饭。那时候有很多肉的砂锅才七块钱，校门口的饺子一盘才两块多。他不肯让我们白帮忙的。

和留言的很多朋友相比，我们相处的时代不同，思考方式也不同吧。

沟通的难处在于，我们很多时候以为自己推心置腹，但其实谁也不能做到真正将心比心。我上学的时候，我们交作业还需要交五寸盘，大二的时候开始交三寸盘。攒机的时候，软驱还是必备的配置。

我那时候喜欢过一个女生，自己给她翻录了一盘《天国的嫁衣》的原声磁带，所有的音乐都是自己在电脑上抓取出来的，自己设计封面，找打印社打印出来，但还是特别粗糙。那时候没有几个人有 MP3，那时候也没有办法下载 OST，但即使这样，我也没有感动人家。人家还要好好学习准备考研呢。

那个时候读大学没有现在那么幸福。那个时候我们学校还没有那么多出国交换的名额。我们的摄影课，用的还是海鸥的相机、乐凯的 135 胶卷。按照教育经费，一个人就十一二块钱，也就拍八九张。我当班长，自己出去拉赞助搞活动，虚构团支部活动找学校申请费用，老师也装傻给报销了，还指点我怎么能多报点。最后，我们一人拍了有两三卷。那时候，很多的费用都需要自己想办法。

但是大家也非常团结。我们班里 20 多个女生，只有五六个男生。每次寒暑假返校，我们几个男生都会去火车站接这些女生，接过她们手里沉重的行李，卸下风尘仆仆的她们身上的重担。女生太多，有时会给我们带来不少麻烦，但是女生们也会给我们带来东北的干果、江西的蜜橘，好吃极了。

我们毕业的时候还是很穷的，但基本每个人从火车站离开的时候，大家都去送了。每次大家都会在火车站拍一张黑白的合影，只是合影上的人越来越少。

但那时候，也有很多有钱人啊。很多本地的孩子（有些是校内子弟），高考成绩比我们低 200 多分，开车、骑摩托上学，确实很拉风。那时候，《粉红四年》《圈里圈外》《原谅我红尘颠倒》《给我一支烟》等作品很流行，很多故事也在我们身边发生。

我并不是说我们是好人，但我也不觉得我们是坏人。

我们也权衡过、考虑过、纠结过，面临现实的、紧迫的、实际的、要命的问题，我们也做过不光彩的选择。更可悲的是，即使我们总想方设法地去过好生活，给自己一份体面，也小心翼翼地维护他人的体面和公序良俗，可我们很多人现在过着的生活只怕比当年更违心。

真心希望那些心里还有一团火的人，久久为功，知行合一。

我是真心的啊！

—— 如果运气不好，那我再试试勇气。

我无法改变命运，却也未被命运改变

面对梦想，我诚惶诚恐。恐惧的不是老去本身，而是时间像一把明晃晃的刀子，斩断你与梦想的可能。

我身边的朋友多是体制内的，多数在温室里长大。

2008 年冬天，我创业失败，再一次加入了求职大军。

那是烟台最冷的一个冬天，金融危机把这个外贸城市虐得体无完肤。讨薪的民工哀鸿遍野，要账的供货商们络绎不绝，满街的韩国工厂十楼九空。我像落水的小狗，被人驱赶了半个月。负债的压力，家人的咒骂、拒绝和冷漠，一层层在我心头堆积。最后，拿着自己的高中文凭，我去当了一名工人。

我印象中的工人，是《新闻联播》里的样子——明亮的车间，整洁的制服，干净的操作台，愉悦的心情，按下电钮，产品欢快地从流水线上跳跃出来，画面外响起激荡人心的劳动光荣的歌声。

我想多了。

作为一名流水线上的工人，我的工作，是把生产汽车顶棚的六种材料叠放成一组。一个夜班 600 个，平均 48 秒一个，扣掉吃饭、喝水、上厕所，30 秒一个。2 米 ×4 米的聚氨酯泡沫板，刷满胶，我胳膊短，得贴着身子操作，粘得脸上衣服上全是。干了以后，一抹掉下来一层皮。2 米 ×4 米的玻璃纤维板，我手小，手套大，就得光着手操作，身上钻进玻璃纤维，成天成宿地疼。清理模具，三聚氰胺甲醛树脂倒进 300℃高温的模具，瞬间升腾起浓烈的蒸汽，睁不开眼，满脸刺痛。身边 300℃高温的压机有 20 多台，日夜撞击轰鸣，空气中混合着玻璃纤维粉、雾状胶，常年不见天日。

我疼，我累，我崩溃，我干不了。但这已经是最低级最基础的工作，干得慢了，耽误的是一整条流水线和几十人的计件工资。他们会骂你，打你，往你床上倒凉水。工作是这样，休息呢，工人宿舍，十人一间，狼藉满地，臭气熏天，赌钱喝酒，彻夜不眠。聊天的话题，翻来覆去就是红彤彤的票子和白花花的女人，“我要弄死你”，“那娘儿们真带劲”。没有诗歌，没有远方，没有含蓄，没有幻想，没法沟通，没法交谈。

我以为我要麻木了。没过几天，某工人的胳膊没了，12 吨的模具带着 300℃的高温突然落下，那幅红白黄黑迸裂交织的画面又让我瞬间清醒。我吃不好，睡不着，融不进，受不了。

终于有一天半夜，我爬到了楼顶天台上。北风吹进心窝里，结一层厚厚的冰。我对自己说："大宝，你完蛋了，你要是长得帅，还可以沦落风尘。现在风尘里都没你的位置，当一粒尘埃你都当不了，是条汉子，你就去死吧，别让命运蹂躏你。"

可是我很尿啊，那楼太高了，我爬上去腿就哆嗦。我安慰自己："大宝，你是条汉子，你不怕死，你只是怕疼。咱们不要被命运蹂躏，咱们去和命运肉搏。"

从那天开始，我就很少回寝室了。从第一道工序开始，我观察原材料到成品的全过程——同样的产品，为什么这里喷胶、那里涂胶？同样的产品，热膜冷压和冷膜热压有什么区别？我开启了"十万个为什么"模式，到处看，到处问，到处学，到处背。

我当工人三个月，车间主任已经认识我了。我是车间唯一一个能掌握所有工序操作要点和设备保养规程的操作工人，于是我当上了检验员。

同样是检验员，为什么有的人下班，工人们在门口排队请吃饭，我下班，工人在门口排着队要打我？原来他们知道赶工期的时候，哪些缺陷不影响使用可以出厂。而我不行，我死守着检验计划，我到哪儿，废品就堆成了山。工人扣钱恨我，仓库缺货骂我，老总心疼废品训斥我。我兢兢业业，认认真真，却变成了一个人人嫌弃的蠢货。

所以每天下班后，我就泡在汽车厂的装配线上，研究我们的顶棚怎么装车和气囊线束天窗怎么一点点配合。半夜偷着拆装演练，困了在包装箱里打个盹，天亮再赶回去工作。

我很快就成了检验员里的老司机，请我吃饭的工人比他们还多，我还掌握了全部系列所有产品检验装车的奥秘。我用新的检验计划代替了那个过时的，再也没有检验员被工人排队群殴了。当工人的第 9 个月，我考上了助理质量工程师。

在一个缺乏培训的民营企业，我自己成长的过程是煎熬的，我不想让新人也煎熬，用业余的时间，我写了一本顶棚产品装车作业标准指导书。每一个系列，每一种产品，装车的每一个过程，可能发生的缺陷，如何修复，都有详细过程和配图说明。只要你认字，就能拿着这本手册检验任何一个产品。经理说，这本书超出了他的预期。老总说，这本书让他想起了他年轻的时候。这本书后来成为公司的技术文件，又成了集团的技术文件，还多次走进了我们的客户一汽大众、神龙汽车、上海通用的培训课堂。

当工人后的第 16 个月，我成了质量部的技术负责人，副主任工程师。我带出了很多徒弟，现在还在为公司服务。

当工人的第 23 个月，前程无忧推荐我去宝马工作，电话那头祝贺我通过面试的时候，我忍了好久，才没让自己哭出来。我从一个被人嫌弃的落水狗，变成了猎头关注、市场认可的人。

当工人的第 24 个月，集团总部战略发展部招考，我考了第一名。也是在同时，我考上了公务员。车间主任说：“人力资源部怎么让 211 的本科生过来给我当工人，咱公司这么有钱了？”客户说：“你不要骗我，他们那个会开叉车、修模具、拆压机，还干化学原料试制的家伙，是个自学成才的文科生？”

我曾经痛恨我的那些工友，离开他们，离开他们那个阶层，是我前进的最大动力。前几天我回原来公司一趟，那些帮过我、骂过我、嫌弃过我的工友，都老了。

过了 30 岁，我再也不敢和人谈论梦想。我总是以为我能够改变命运，但其实我当工人的两年，即使我每天只睡三四个小时，凌晨两点到家也会坚持做两套题，我也只是从工人变成白领而已。一次次半夜的时候，我累得号啕大哭，一次次被自己小小的进步感动得痛哭流涕。即使我从一个想死的尿货变成一个铜豌豆，我也没有前进，只是回到创业失败前的起点而已。

面对梦想，我诚惶诚恐，恐惧的不是老去本身，恐惧的是，时间像一把明晃晃的刀子，斩断你与梦想的可能。4 岁的时候，我想当国家领导人，那是有出息。34 岁的我，还想当国家领导人，那是有病，得治。当你一眼能看到你历经拼搏所能到达的终点，当你有能力推算各种尝试后的最大可能，你的生平就基本定稿，世界成为移动的坟墓。

但即便如此，我也还在忙碌，有时四五十个小时连续工作，一年五六十天住在单位。在我的身边，有很多类似的人，他们有的先走一步，当了局长、处长，也还是一样忙碌。我们就像是体制里的另类，走了一条最艰难的路，因为我们相信，始终有些位置，是属于那些功底扎实、熟悉情况、冲锋陷阵的人，是别人找门子、送银子、使绊子都抢不走的。生命多姿多彩，各人选择不同。有人一辈子抱怨，度过了抱怨的一生；有人毕业就混日子等退休，度过了等死的一生；有人总是出卖底线，度过了娼妓般的一生；有人始终战斗，度过了光彩夺目的一生。

我们都会有那么一天，躺在床上不能动弹。我们在污秽、疼痛和绝望中，独自面对着生命的终点，面对无尽的永恒的黑暗。无论你怎么挣扎，都挣不开死神拉着你的手，死神缓缓地将你拥抱。身边的人，都在希望你早点死去，期待彼此的折磨早点结束。那时你能做的，只有回忆。你想给自己的一生，留下什么样的回忆？

我努力改变命运，最终，我没能改变命运。

但我也从未屈服，我没有被命运改变。

我努力攀登，我没能到达山顶。

但我也从未放弃，那些苦难砥砺了我，让我成为更好的自己。

—— 如果运气不好，那我再试试勇气。

初中就辍学的小姑娘现在怎么样了

我多羡慕他们，如果可以一条路走到头，谁想翻山越岭？谁不想多懵懂几年，还可以被称为孩子，还有资格犯错，还有机会被原谅，更不要说有大把的机会。但我们不行，成年人的世界没有“容易”二字。

本人女，1997 年出生。初中毕业那年刚满 15 岁，之后没有再上学。

什么原因呢？

首先说一下背景。我老家是农村的，小学在村里上，中学在镇里上，从镇里回家有 40 分钟路程。我父母分别在我初一和初二的时候生了比较严重的病，需要去市里住院，于是我长期都是一个人住（没有住校）。

所有的转折都从初三分班开始。

初三开学会按照上一学期期末考试名次分成快班、慢班，一、二是快班，三、四是慢班。

歧视链也就悄然形成了，一看不起二，二看不起三，三看不起四……

本人贪玩，是个所谓的“学渣”，成绩中等偏下，被分到了三班，当时不以为意，不就是老师差点吗？还能不教了咋的！（后来果然还不教了……）开学后，差别待遇立马开始显现了，从师资水平、操场使用都能看出来，连生物学习教室都要快班优先，之后我们才能用，或者干脆划掉我们整个班级的名额。

这期间有同学直接就辍学了，陆陆续续人越来越少，再后来两个慢班合成一个班，老师几乎不来，我们也知道自己被放弃了。班主任在中考前半年一直找学生去上某技校，听说会有提成。找过我，我没去。

老师都不来上课了，这怎么办呢？我自己给二班班主任打了个招呼，把书一搬，顶着全班学生的各色目光，径直走向最后一排的废弃桌子坐下了。后来我同桌听说我可以，她也来了。

除了一部分上技校的，两个慢班的学生几乎全部辍学，两个班里，最后只有我和我当时的同桌两个人参加了中考。

可以想象我身处一个怎样的环境……

再说生活。

我那时候生活费靠旁人代给，经常吃不饱，那些以前经常找我父亲帮忙的人，在被委托照顾我这件事上真是格外“上心”呢。因为女生一个人住，常常被不怀好意的男人盯上，我很害怕。在新班级也没有朋友，只能跑去网吧上夜机。因为我不常在家里，老家水被人停了，地被人种了，庄稼被人收了，东西也总丢。我最怕周末，有家不能回。

当然还有很多事，总之那一年我看尽人情冷暖，人性至恶。我知道那个称为家的地方已经不再属于我，只想着早日毕业放假去市里看我爸妈。

不幸的是，我父亲在我中考前一个月去世了，我没见到他最后一面。

当时父亲母亲同时生病，父亲癌症，母亲中风，都是我姐姐辞职一个人全力照顾，每天三次医院家里两头跑。我哥工作，我嫂子从不管我家的事，父母所有的生活起居都是我姐在照顾。因为我妈我姐住在我哥嫂子家里，我姐和我哥我嫂子关系非常不好，我姐可以说是天天受气，我哥甚至还会动手。

我姐当时二十几岁，满脸皱纹，累得眼皮都塌下来了，每见一面她都老了许多，我特别心疼。

但我仍然没有辍学，参加了中考。

我们那儿的高中对中考生来说，只有两个选择：一是县城重点高中；二是要花三小时车程的镇上普通高中。

一当然不可能，重点高中不是我这种“学渣”想上就能上的。

二更不可能，当时我就在那个镇上中考，对它印象实在太差；而且也没钱，当时父亲的放疗化疗加上母亲的医药花费几乎花光积蓄，全家的经济压力都在我哥一个人身上。要说砸锅卖铁倒也能上，但是没必要。

于是我放弃了继续上学，去市里照顾我母亲，算是替我哥我姐减轻负担。每当有人问我为什么不上学，我都是一句“学习不好”带过，同时假装自己根本无所谓还有点得意的样子。

因为当时的我刚 15 岁，就没想着去打工，别人不会收。每天面对巨大的焦虑，最终决定学习一门技术，不必花费很多那种。而我哥看到辍学在家的我，特别害怕又要养活我，对我动辄辱骂，有时候还会动手，我只能逆来顺受，什么反抗都不会。虽然我姐一再强调我父亲给我留了一点钱，但我哥还是以我花他钱学习为理由对我随意侮辱。我知道他苦，从没回过一句嘴。

我的学历低，让我从心里觉得自己低人一等。

技术学成一年后，我要做到自食其力根本没问题。而我哥因为不信任我，怕我拖他后腿，就骗我说他要和人合伙开一个中医理疗馆，让我先去他朋友店里实习，之后他开店我帮他管理。年纪轻轻的我相信了，于是我在那个店里干了一年。

我从来没想过我要去做“端盘子”“洗脚”这样的体力活，我一直觉得我年轻，可以学个技术养活自己，我也从没怕过苦，只是没想到是这种结果。

那个工作除了夏天顾客来得较少，其余时间每天都要工作 16 个小时，技术活，全程站着。吃住都在门面房里，白天工作，晚上自己支个床，除了吃饭睡觉没有别的时间。饭自己做，我最快吃一顿饭只需要四分钟。工作累到站着都可以睡着，一年里打工小妹走了五六个。工资一开始是八九百，到后来 2300、2500。一个月休假两次，太累太累。这年我 16 岁。

这期间我发现我哥根本没打算开店，我一说辞职，他敷衍不过去就破口大骂，我发现被他忽悠了，撕破脸辞职，第四次才成功（当时经常上网的我算见到了一些别的活法）。当时的老板学过心理学很会洗脑，我再软弱一点恐怕就一辈子在那里了。

后来我捡起了老本行，当化妆师。被雇主骗了一次，最后去了以前的老师那里工作，拿着微薄的薪水，但是老板和工作都很靠谱。除了离家实在太远和偶尔被摄影师当助手，还有被辱骂、被客人不尊重、被人看不起以外，前景还算不错。

有一次从白天忙到晚上 12 点，回到家凌晨一点多，早上四点又有跟妆。定了四五个闹钟都没把我叫醒，我迟到了，那是唯一一次。早上六点赶过去，忙到下午三点，一分钱没拿，当然只能怨我自己。那年我 17 岁。

我跟以前的同学没有联系，也没有选择去他们打工的地方，没有靠亲戚带。除了被我哥忽悠的那一次，工作都是自己找的，没有靠过任何人。

第二年我辞职，一是因为工作离家太远不好照顾母亲，二是当时找了保姆要有人看着，三是我姐提出想和我合作自己创业。我拿出省吃俭用的所有积蓄（不到一万块钱），开始自己做事情，其中的苦不言而喻。这年我 18 岁。

家里同时租三个房子，加上保姆工资和住院费用，我们每月支出都很大。我哥有一年任性辞职没有收入。因为压力大，我和我姐也争吵不休，差点散伙。她大我十岁，脾气火暴，而我没有朋友，她就是我生活的重心。前年母亲去世后情况更是急转直下，我几度自杀未果。

19 岁时短暂恋爱一次，因为太自卑而“作”，最后“作”没了。

同年遇到一个善良的男孩子，他知道我抵触感情，就一直陪伴我逗我开心，化解了我很多负面情绪，但是也只有这样而已。每到最艰难的时候，我就想想一个人也能撑过来，想想他的乐观，最后也都过来了。

也遇到过自己很喜欢的男孩子，也勇敢表白了，但我实在是太自卑了，觉得自己哪里都配不上对方，导致对方根本就看不起我。尽了全力的我主动删除了一切联系方式，这辈子再也不会和他有瓜葛，也永远不会主动表白和追求了。我没有办法和自己喜欢的男孩子在一起，我已经接受了。

我看起来比以前“洋气”些，甚至在某左划右划的社交软件上有 11 万的“喜欢”。可是看似桃花运很好的我实际连“鱼塘”都没有，更没有“鱼”。微信每天除了公众号推送就是群发消息。我没有办法去接触陌生环境，也不想再费心思了解陌生人。我的选择注定我只能瑟缩在一个孤独的角落。

我可能战胜不了我的自卑了，有再多的爱也不行。“胆小鬼连幸福都会害怕，碰到棉花都会受伤。”真的不是矫情。

这两年我变了很多。总感觉随时会被空虚吞噬，做出放弃自我的事。今年我 22 岁，没有十几岁的拼劲了，对什么都不感兴趣。提前透支了坚韧和毅力，让二十几岁的我显得脆弱不堪，经不起情感纠葛。我不想找个老家男孩随便嫁了，更不想辛苦地高攀谁，所以不打算结婚了。今年借了一些钱按揭买了个二手房，每个月贷款借款，日子过得苦哈哈。自己家里已经有只猫做伴，就这样了。

我初中同学辍学后都怎么样了？女生大多数很小就结婚生子，偶尔一次点开空间，她们都是在晒娃，有些都能打酱油了，毕竟很多女生不满 18 岁的时候就生了孩子。男生大多就是在工地，或者做些别的体力活，甚至回家种地的也有，大都很辛苦，过得好的很少。每天都在拼尽全力的他们，能给孩子什么样的成长环境，什么样的教育？更不要说发展孩子的审美和艺术天赋，甚至树立正确的三观。你想你的孩子这样长大吗？你想他吃和你一样的苦吗？

另一边，考上大学的同学还在上大学，懵懵懂懂。对他们来说最难的，可能是学习压力、考试和失恋。

我多羡慕他们，如果可以一条路走到头，谁想翻山越岭？谁不想多懵懂几年，还可以被称为孩子，还有资格犯错，还有机会被原谅，更不要说有大把的机会。但我们不行，成年人的世界没有“容易”二字。

能做的选择非常有限。

我几乎在同龄人里找不到有共同语言的，至今一个朋友也没有。

脱离主流社会太早，又脱离了一起脱离主流社会的人，我就是这个城市的边缘人，游离在幸福和不幸之间。

希望你别像我一样吧。在事关一辈子命运的分岔口，好好想一下，没有回头路的。

—— 如果运气不好，那我再试试勇气。

父母离婚之后

他们于我差不多是个陌生人，我对于他们也是吧。
站在人前笑得一脸灿烂，也是我的铠甲。

我的文笔很乱，可还是希望有人能看一看，让我能有点存在感。

从来没有把自己的故事写出来，曾经尝试去写，但是感觉回忆起来太痛苦。而且，像我这样的小透明大概写什么也不会有人看吧。这种心态大概也是他们离婚对我的一种影响。

在别人看来，我大概是个干净整洁、阳光自信、能力也不错的姑娘吧。但是我心里藏了太多事，所以始终感觉孤独。

感觉自己是个透明人，没有人关注，不会聊天，小心翼翼地写一些东西，却又怕没人看。等一会儿看到浏览量多了，却没有人评论点赞或者找我，我会默默删掉，就好像没有写过一样。

我的故事是这样的。

父亲创业失败欠了一大笔债，大概在我一岁的时候，父母就离家去打工了。简单点说，其实我也算是留守儿童，不过是在城市里的。我从小和爷爷奶奶生活在一起，只能在过年的时候见到父母一次，在懂事之前，我都不知道原来别的小朋友的家庭是和我不一样的。

其实和爷爷奶奶生活在一起也挺幸运的，爷爷奶奶都是高中老师，所以我从小受到了较好的教育。但是生活的确很艰难，爷爷的工资直接拿去还债，奶奶的工资支撑着一家的开支。所以我没有玩具，没有书看，一年最开心的时候是去KFC买个汉堡吃，那都是我考试得第一时才有的奖励。

爸爸妈妈回来的时候，也不关心我，我唯一的感觉就是他们特别喜欢训斥我，好像觉得我这样做是没教养，那样做是给他们丢人了。

上小学的时候，好多小朋友问我：

“你的爸爸妈妈怎么不来给你开家长会啊？”

“你家都没电视看、没有电脑吗？”

“你是双亲家庭吗？”

“我们都会背爸爸妈妈的电话，你怎么只知道你家里的座机啊？”

“为什么你的作文‘母亲的爱’要写‘奶奶的爱’啊？”

而在电话里，爸爸妈妈跟我的交流也很少：

“××跟我们不亲近啊，只跟她爷爷奶奶亲近。”

“就会问我们要钱，从来都不说想我们。”

“我们还是再要个孩子吧。”

所以，我就从来没有感受过父母的爱，可能是因为他们年轻，也或者因为没有抚养我，所以没有丝毫感情。他们于我差不多是个陌生人，我对于他们也是吧。

这样的状况到我小学四年级的时候改变了。

父亲与母亲吵架，分居，闹离婚。

我是偷听奶奶打电话时听到的，当时还不明白那对我到底意味着什么，包括后来和朋友说起来我都说，反正我也一直没和父母生活在一起，所以对我也没什么影响。虽然爷爷奶奶一直劝说他们，让他们为了我，别离婚。

可是，真的是我以为的这样吗？

此后，我一年甚至见不到他们一面了。

也再没有人给我打电话了。

家里好事的伯母偷偷说：“你有后爸后妈了。”

是的，他们双双婚内出轨了。

我妈也不断地给我讲，那个恶女人有多么坏。

他们争夺我的抚养权，只是因为爷爷奶奶说房子会留给我。

爸爸的“小三”给家里打电话，还在我爸送给我的旧电脑里存上他们的亲密照故意让我看到。

那段时间，我一直很难过。可是我告诉自己，我还有爷爷奶奶啊，我也有我们自己的家庭。可是天有不测风云，小学六年级那一年爷爷得肝癌去世，我最爱的爷爷就这样离我而去了。

对他们来说，终于可以离婚了，终于能各自寻找自己的真爱了。

我就这样开始了和奶奶相依为命的生活。

先说我妈，她恨我爸也恨我，可能两三年我才会见到她一次。偶尔给她打一次电话，她只会恶狠狠地说：“你又想买什么？”我妈还告诉我，离婚协议写得清清楚楚，她一分钱都不会给我。

没有母亲的少女时光，大概就是奶奶不知道该在什么时候给我买合适的内衣，直到高中我都很羞耻于自己青春期身体上的发育；没有很多新衣服穿，虽然奶奶会给我买，但是很多人都笑话我穿得像个土包子，后来还要感谢学校必须穿校服的规定，让我和别人看起来没有太大的区别；初潮的时候，我什么也不懂，不知道卫生巾更换的频率，更不懂有什么要注意的；朋友都问我用什么洗面奶、护肤品，可是我直到高中才知道原来大家洗脸都要用洗面奶啊，洗头发还需要用护发素。

很可笑是吧？初高中的我性格其实还是蛮好的，成绩好、人缘好，但是这些事情和这些自卑的心理从来没有告诉别人。

再说我爸，离婚后火速结婚，并且告诉我以后我的衣服都由我阿姨负责，可是这么多年，她大概什么也没有买吧。我爸后来担任了某知名地产公司的项目经理，收入蛮可观，偶尔给家里寄一次钱。但是从来没有生活费这么一说，大概觉得奶奶的退休工资足够我们两个生活吧。所以初高中我从来就没有零花钱，因为不好意思问奶奶要。

我和我爸可能两年会见一面吧，有时候过年他也不回来，我们很少交流。我当时也没有见过我那个阿姨。

我爸的脾气很暴躁，所以我不怎么敢跟他吵架。高一那一年，我跟他积累的长期矛盾爆发，我指责他枉为人父。他恼羞成怒，说补偿我的够多了，我不知足，说着还想要打我。

他嫌弃我胖（青春期），嫌弃我不懂事，嫌弃我除了学习什么都不会，说我以后就算上学出来也是个废人。

高二暑假，也就是高三总复习之前的那个暑假，我去了海南找他（他在海南做一个长期项目）。住的短暂的几天，我第一次见到那么豪华的别墅区，原来那是我爸爸住的地方，他开着几十万的车。而我还住在一个破旧的小区里，上学时周末回家，提着一大堆东西，只能自己来回转车坐公交车回家。

我吃海鲜，吃火龙果，甚至喝酸奶，我爸都说："你没吃过吧，让你见见世面。"

第一次去泳池，旱鸭子的我被撇在一旁，他们两个去了深水区嬉闹，我被淹到的时候，也没有人看到。

我爸说："你整天在家学习，都不知道出去玩。"可是我该怎么出去玩呢？我 18 年来都没有出过我们那个小城市，他们坐着飞机到处玩的时候也没有人记得，自己还有个女儿。

高三寒假的时候，我得了面神经炎，一个月的时间每天去医院输液、针灸。可是外面下雪地上很滑，我怕奶奶年纪大了滑倒，就不让她陪我去，自己坐公交车去医院。而在那期间，我妈没有给我打过一个电话，而我爸也只是给我寄了一些医药费。

高考之前的两天，我爸和我阿姨突然回来了，还带回了一个可爱的小孩子，我同父异母的弟弟。我很喜欢他，抱着他亲来亲去，就好像完全没有隔阂一样，还给别人炫耀我有个小弟弟了！

高考结束，没到成绩出来，他们就走了。报考学校的时候，也是自己在操心。

上了大学之后，我爸给了我足够的生活费，让我看上去和别的人是一样的。后来慢慢见得多了，我告诉自己，珍惜眼前的，就主动向爸爸妈妈示好（我性格比较倔，以前都很不愿亲近爸妈），感觉我们之间的关系好一些了。可是，我还是心里难受啊。

他们生活得那么奢侈，可是我家没有空调，没有热水器，没有暖气，每个屋子里面的灯都是坏的，屋里面也是空荡荡的，只有我和奶奶。

我的弟弟有那么多玩具、那么多衣服，全部东西都是进口的。

再看看我自己，依旧没有人给我买衣服，只是长大了，自己会去挑一些，所以也不至于在同学面前太难看。

当我去爸爸家里时，他们家的狗还咬我。

当我在家冻得瑟瑟发抖时，他们却到处游玩，还告诉我在深圳开会。

……

再说跟奶奶相依为命的这几年。

奶奶对我很好，我不缺吃、不缺穿，她也从来不让我去做什么家务。可是奶奶不让我出门，我没有自由，奶奶不放心，因为她说自己年纪大了不能出去找我。

奶奶总是会骂我妈，说她不管自己的女儿，一分钱都不给，还告诉我我爸多么爱我。每次我想要哭诉我爸的“恶行”，奶奶总是会生气，让我别说了。

所以我很憋屈啊。

再回到正题，说说父母离婚对我的影响吧。

1. 我成长过程中很多意识都是在开始寝室生活后才有的，比如卫生习惯、发育时期注意的事情。

2. 对待感情问题，我从来都没有安全感这种东西。我觉得如果未来结婚有了小孩（我觉得自己会是个工作狂），我怕他像我一样因为童年缺爱而有和我一样的命运。所以目前的我是个不婚主义者。

3. 可能我的天性心软。对待朋友的时候，总是全心全意。对一些很信任的朋友，我也曾告诉过她们我的经历，当得知她们把这个当笑料之后，我很难过。

4. 性格上，我平时就很乐观开朗。我的室友说："我觉得你这样的家庭能让你的人格没有缺失，也是很不容易了。"我还笑嘻嘻地打趣过去了。可是实际上一遇到什么小事，我就容易抱有极其悲观的态度。

躲起来偷偷哭，是我的常态。

站在人前笑得一脸灿烂，也是我的铠甲。

我跟表姐聊过，说："我奶奶百年之后，大概我这一生也就一个人了吧。"

—— 如果运气不好，那我再试试勇气。

单亲爸爸

其实她是羡慕有妈的孩子了吧。
我什么也没说，但是晚上，我一个大男人想起这话，却忍不住在被窝里哭得狼狈不堪。

离异那年女儿 9 岁，离婚后的第一年里，经常听见女儿讲梦话，在梦里跟她妈妈讲话。有时候听到她在梦里抽泣，哭得伤心不已，无奈，一次次叫醒她，叫醒后自己却不知道该用什么言语来安慰她。

她妈妈踏上了去江西的列车，很快再婚生子。

闲人告诉她：“你妈妈在外面给你生了个弟弟。”

从小爱哭的她强忍着眼泪告诉对方：“我是独生女，我家只有我一个。”

我们都很默契地不在对方面前提起关于那个女人的种种。

12 岁那年，她让我给她找个“妈妈”。我问为什么，她答：“因为我不想做饭了。”其实她是羡慕有妈的孩子了吧。我什么也没说，但是晚上，我一个大男人想起这话，却忍不住在被窝里哭得狼狈不堪。

后来，她上初中了。上初中的第一个周末回到家，她高兴地说班主任让她当班长，说起了班上有些什么人。而后她向我要 70 元钱，是班上组织的订阅一套课外书的费用，说书已经带回来了，班主任垫的钱，里面还送了张什么学习卡，但是借给同班同学的姐姐看了看，然后学习卡就不在了。没等她说完，我很生气，指着书架上的书大声斥责她，有那么多的书，为什么还要？那些书，都是我以前买给她的，她从来没有好好看过。她跑到房子外面我看不到的地方去了，我知道她是一个人躲起来哭了。她从来不在我的面前流眼泪，只会强忍着。

升初中没多久，我再次把她寄养在别人家里，外出打工。平时假期会回家陪她半个月左右。人在外地，每隔一段时间就会听到关于她的好消息，某竞赛又得了一等奖，又被评为了三好学生，诸如此类。在工地上，这些成了我炫耀的资本，别人都羡慕我有一个这么优秀的女儿。大概是相处的时间越来越少，加上她青春期的叛逆吧，我们父女俩的矛盾不但不见缓和，反而日益加深。

看着别人家夫妻恩爱、父慈子孝的样子，我心里别提多羡慕了。可每个假期回家，两人每天的对话都不会超过 10 句，生活的压力已经压得我喘不过气来，我对如何去缓和父女关系这件事已经力不从心了，只希望她早点真的懂事，能理解我吧。

时间过得很快，女儿上了高中，在外地的我依旧每过段时间便听到关于她的好消息，比如又考了第一名，拿了奖学金，代表班级参加演讲拿了奖，等等。每次我都打心底里感到高兴，我的女儿，真优秀。

但是我们之间还是不断地争吵，她一点也不理解我。有时候我在她的眉眼里看到了她妈妈的模样，在她身上看到了她妈妈的影子，我的心会颤动，这么多年过去了，心里的坎还是没能迈过去。

还有很多事情，不想讲了。现在女儿大学毕业工作了，今天是父亲节，我猜在外地的女儿会给我发个短信或者打个电话的吧。一大早便把手机铃声开得很大，生怕错过了她的电话和信息，直到中午一点多终于接到她的电话。两人聊了七分多钟，虽然氛围还是比较尴尬，但比起之前每次通话不超过两分钟，已经算是一次进步了吧。

都不容易。

以上是我作为女儿以父亲的口吻随手写的，就当是找个地方吐露多年不愿跟人说起的心事吧。

二十几年的养育之恩，我不会忘，我会加倍偿还。

9 岁，什么人情世故也不懂的年纪，不懂“离婚”的含义，不懂生离的含义。

你跟我说以后我们跟妈妈就是两家人了，你说人要分得清。可是我一个人好害怕啊，你总是出去喝酒，不醉不归，而我每次都是锁着房间门，不敢入睡。

为什么不敢入睡？我不怕天黑，我不怕妖魔鬼怪，我怕你回家以后没缘由地发脾气，我怕你一边骂着妈妈一边恶狠狠地用力踹我的房间门。我好害怕，连哭泣都不敢发出一点声音。

想到以前，忘了是多少次，我在睡梦中被吵醒的时候，看到你们打架，有一次你们两人脸上都是鲜血，把我吓坏了。我跑到外面大声哭喊，希望有邻居能来帮帮我，让我的爸爸妈妈不要再打架了。可根本没用，大家都习惯了，那时候我不过 7 岁吧。现在想来，我不喜欢寻求别人的帮助的性格也是从那时候起形成的吧。

我很想妈妈，我很羡慕别的小孩能吃自己妈妈做的饭菜，可是我不敢表现出来。我怕你发脾气啊。

上初一的时候，班主任选我做班长，我回家跟你分享我的喜悦。可是你没有夸我，没有赞许我，而是因为那套课外书，你对我大发雷霆。我胆子小，被唯一可以信任的人吼，而我根本不知道我为什么会被骂，只觉得委屈、愤怒和难过。

你把我寄养在别人家里就出门打工了，初中三年没人去学校看过我，没人给我开过家长会。心情从一开始的期待，到失望，再到习惯。

我病了，很久了不见好。我打电话告诉你我要去看医生了，你说怎么又病了，只字不提看病的事情。此后，我有什么病痛，从来没有向你提起过。

忘了是初一还是初二的某个假期，在又一次醉酒回家时，你和往常一样冲我发脾气，你说是我拖了你的后腿，不然你会有一番作为。都说酒后吐真言，不知道清醒以后的人是不是还会记得自己说过些什么呢。

我终于要上高中了，好开心啊，离家又远了一些。

送我开学那天，你遇到个大概是很久不曾见面联系的朋友吧，我不曾见过他。他恭喜你的女儿上高中了，你说："上高中又有什么用，反正是个女儿。"说者无心，可这话让我心里的失望又多了好几分呢。

上高中以后，我知道照这轨迹发展，只有学习能改变我的命运。我从进去时的第九名前进到期末考第一名，此后三年，第一名的位置从未让人夺走过。依旧保持着初中的老样子，没人来看我，没人来给我开家长会。就一次，你来帮我开了家长会，还上台领了我的奖学金，我好开心啊。

高三国庆节放假四天，我回了一趟家，跟你一起在别人家吃午饭。你跟同桌的人说前几天输了一万多块，过了一会儿我说我想买一套习题，我看评价很不错，299 元，你说那么贵，买了有什么用。那一刻我绷不住了，放下碗筷，含着眼泪就回家收拾行李坐上回学校的车，那时候的心情是失望透顶的那种。

后来我们一直没联系。高三的课间我从不休息，一次课间我正在做题，你走进教室跟我说了几句话，我已经忘了说了什么，没过两分钟你就走了。你刚转身我就趴在桌子上痛哭，只不过你出去又折回来，告诉我你在我卡上打了 800 块钱，而我当然不想让你看见我在哭，就装作学累了，要睡会，没抬起头，就随口答应了一声。

你只看到我跟你没什么话讲，却没想起我曾经也叽叽喳喳不停地跟你分享学校里的人和事。只是每一次都没有回应，慢慢地就不想说了。有时候得到回应，却是因为观点不一致引起的争执。算了吧，少交流就能减少争吵，毕竟大家都不能好好说话。

时间过得很快，现在我已经大学毕业了，发生过太多诸如此类的事，我不再回忆了吧，我现在哭得好难受啊。

今天是父亲节，午后我给你打了个电话，没有“父亲节快乐”之类的话，只是想让你知道我心里是记挂你的，相信你也会明白。我现在担心的只是时间过得太快，我每天下班回来拼了命地学习，就是想早点完成目标，在你越发老去之前。

我明明是个内心柔软敏感的人，这些年在别人面前装成一副铁石心肠、冷漠自私的样子，我累了。我以后不装了，想面对真实的自己。

相信你也是。

更新一：

我的爸爸年少时，因为父母双亡、家境困难而被迫辍学。不幸的遭遇确实给他的性格带来了很大负面影响。

但他也是个内心很柔软、很正直的人。最近两年我们关系缓和了很多，而且他现在已经不酗酒了，偶尔喝醉也不再发酒疯，不再随便对人发脾气。希望看到这里的朋友，不要骂我爸爸。

他没有父母，没有妻子，连朋友也很少。他只有我。

以上算是作为女儿，我想对爸爸说的话吧。我把母亲节那天匿名发的话贴过来，如果你没有扮演好父母的角色，也许将来你的孩子也会跟我一样，在朋友圈写下类似的大段文字，表达对你的思念或是不满，然后设为“私密”，仅自己可见呢。

妈妈，从我9岁你远走他乡那时起，我就开始做饭给爸爸吃。家里的家务都是我做，做得不好，但是至少有人做。

你走了以后，没人叫我起床了，所以我上学总是迟到。没人给我煮早点了，我每天中午放学都会饿得胃疼。

我经常梦见你，然后就一直哭一直哭，爸爸总是会把我叫醒。我在旁边哭，爸爸打电话请你回来，你一次次拒绝了。

五年级的时候，我跟数学老师吵架了，还发生了肢体冲突，因为她说我没妈教。后来爸爸也不在家，我初中住校了，周末就寄住在别人家里。在学校的时候，每天都会有很多家长到学校看自己的孩子，三年了，从来没人去看过我。我是班长，是老师的好助手，我多希望你能看到我能干的一面。高中的时候我做了三年的第一名，拿了三年的奖学金，一次是爸爸陪我上去领的，有两次是自己去领。

高一上学期的那次见面，是我们分别后第一次见面，中午跟你吃了饭，我坐上回学校的三轮车跟你笑着挥了挥手，扭头就哭得喘不上气来。到学校以后，开三轮车的阿姨还安慰我："没事的，马上周六就能回家见到妈妈了。"我哭得更厉害了，我回家是见不到妈妈的。

我也想在这个节日给出祝福，但是我好像已经丧失了说出祝福语的能力。在我眼里，你现在已经很幸福了。

儿女双全，夫妻恩爱。我就吝啬点，祝福的话我就不说了吧。

想给衣服加个扣子，找出许久不用的针线盒，正缝着，突然想起初中的时候，同学问我为什么要那样子缝衣服。我沉默，那副沉默的样子，明明就是后来的许多年里我遇到有些事情常常选择沉默、不去解释的时候的样子。因为我没见过妈妈给我缝衣服的样子，我只会穿个针、打个结而已。

后来，我会做很多同龄人不会做、不需要做的事情了，可那又有什么用呢。我不知道好与坏，我常常怀疑自己。记忆里妈妈最后一次给我买的饼干，是我吃过的最好吃的饼干；远走他乡前一晚她一边背着我，一边温柔地叫着我的小名，那是我见过的妈妈最温柔的样子。

那时候，我不知道生离死别是一件能让人痛很久很久的事情，直到后来我再也没吃过妈妈买的饼干，她买的饼干都给我讨厌的小孩了，她的温柔和严肃全给别人了。

看起来，大家都越过越幸福了，只有我一边活在自责、悔恨和遗憾里，一边不敢再有遗憾地拼命努力着。

更新二：

看到有一些已经为人父母的哥哥姐姐、叔叔阿姨看了我的讲述以后说，想要更好地爱护子女，给孩子更多的爱，我突然觉得我的这篇文章有了意义，不再只是单纯说出自己心事。父母把子女带到这个世界上，他们大概是孩子来到这个世界上最先开始信任的人，孩子们从父母身上获得安全感。不要去打破那层信任的屏障，很难修复的。

看到祝福我的人说，希望我以后能找到一个很爱很爱我、很能包容我的人，希望我有幸福的生活。嗯，这也是我的希望。活了

24 年，太没有安全感，性格太敏感，但是我会尽力修复自己性格上的缺陷。

以前我总害怕接受别人的温暖，因为我总想加倍地还回去，可是我好像没有太多爱人的能力，不知道怎么还，这让我的心里多了几分内疚，觉得配不上别人对我的好。我不会把握度。最近两年我不断反思自己身上不足的地方，更多的应该是性格上的缺陷，我想要改正修复它们，因为我不想因为性格的问题给我将来的家庭带来不幸。

愿所有看完这篇回答的人，不管你是否已为人父母，都能够好好爱自己的孩子。小孩子的世界真的太简单了，在一个充满爱和安全感的家庭里长大的孩子，将来也更容易收获幸福吧。因为他们更懂得什么是爱，懂得如何去表达自己的爱，懂得如何更好地去爱自己想爱的人——就像爸爸妈妈从小给自己的爱那样。

—— 我装作无所谓，却发现
你是真的不在乎。

—— 我装作无所谓，却发现你是真的不在乎。

有弟弟的按摩女

因为供吃供住，所以我一分钱都不花，全部打给我妈。可是这远远不够的，我妈补充营养需要钱，房租需要钱，生活需要钱，我弟读书需要钱。到处都要钱，怎么办？

我曾经做过一段时间按摩女，不卖身的那种。

我们会馆里几乎每一个人都有弟弟，或者哥哥，几乎每一个人！除了那几个为了骗男人钱的女孩子，其他的家里都有男孩，包括我。

我为什么做呢？因为我父母离婚，我妈妈重组家庭，买了个房子，后来意外怀孕。我后爸自己一个人无力承担贷款，于是我妈让我出。我那时候在饭店做服务员，每天上 14 小时的班，一个月 2600 块的工资，因为供吃供住，所以我一分钱都不花，全部打给

我妈。可是这远远不够的，我妈补充营养需要钱，房租需要钱，生活需要钱，我弟读书需要钱。到处都要钱，怎么办？

于是我胆怯地走进了那个富丽堂皇的会馆，开始了一段奇妙的人生旅程。

我到现在还记得，我第一个月第 20 天拿了 3000 元工资（押了十天工资，一共 6000 元）。我拿着 3000 元在楼顶哭了很久，那年我 17 岁，你们能知道背着巨大的经济压力，突然得到了救赎的感觉吗？生活有希望了。

后来我拼命地上钟，努力给人家留下好印象，让人家来点我。这样我就可以早一些存够钱还债，早点逃离这个让人恶心的地方。两年以后，我真的做到了，我还清了所有的贷款，还存了 5 万元，给我妈生活用，我手里只剩下 5000 元。

但是我从来没有卖身过，后来和男友在一起时，我还是处女。如果不是生活所迫，谁愿意颠沛流离呢？

去年，我妈和我说，她打算把房子转到我弟名下，他要娶老婆。这么多年他们也有了一些积蓄，打算再给我弟买车。我听到后愣了一下，房子里起码有我 80% 的钱，我不同意。我妈妈说，姐姐应该资助弟弟，你看谁家姐姐不资助弟弟的？我大的弟弟，我爸爸给买了套房还买车，后来生的这个小的弟弟，我妈给买房买车，那我呢？我从会所出来身上只有 5000 元，这么多年，我买不起房，买不起车。男友做生意，我俩商量了一下，打算买个车，我拿出了 5 万多的存款加上男友的钱付了首付。

我所有的事情都要靠自己，就因为我是女孩，所以我“不配”得到任何资助。

我在会所的同事，老公出轨和女人跑了，她为了买房子，供两个男孩读书，背井离乡，靠“卖”来赚钱。她妈妈一句话，就把她的钱拿去给弟弟买车了，在她根深蒂固的思想里，就是认为姐姐需要给弟弟资助。她们三姐妹加一个弟弟，大姐出了首付买房，二姐给买了车，三姐给弟弟开了个小线厂，这就是贫穷家庭生男孩的常见情况。

时至今日我也不后悔所做的所有事情，我是自愿承担家里的所有负担。我妈很爱我，她愿意用生命爱我，但是她根深蒂固的封建思想让她这么做。我也爱我的妈妈，我爱我家，爱我弟弟。

但是朋友们，你们有什么资格说生二胎儿子是为了孩子好？你们见过大部分独生女有多幸福吗？她们有父母的疼爱，成年后有父母的帮扶，就算没有，她们也不需要承担家庭压力。

我求求那些家里条件不好、自己又没保障的人，别追求儿女双全了好吗？你如果是那种富豪家庭，生十个都没问题。可是现在社会压力这么大，你们有想过孩子的未来吗？女儿就应该为你们的自私买单吗？女儿该死吗？

你们就是为了满足自己的欲望，想要儿女双全。可是儿子从天上掉下来你们还接不住，要砸死你们，砸得你们喘不过气。所以你们就换用女儿做肉垫，把女儿砸得面目全非，还要告诉女儿，做姐姐的就应该这样，女孩就应该被砸在底下，以后你有老公会垫在你的下面。

我今年 22 岁了，前几年报了网教大专，前年自考本科，今年年底应该可以考完，申请毕业。打算尝试考法硕，不为别的，就为我以后不用再过以前的生活，为了从我这一代开始彻底改变这种封建思想，为了我的孩子不会重蹈覆辙。

我生活在社会的最底层，看多了这种丑恶的一面。最初写这篇文章的时候，我并没有带有任何抱怨，我只是想抨击一下这种重男轻女的思想，并且警示条件不好却想要生二胎的父母：你们的孩子，可能以后并不会过得很好（甚至反而很糟），也许你们是被这种重男轻女思想的“猪油”蒙了心，自己却没有发现。

人类在进步，社会在发展。我相信这种重男轻女的陋习，在不久的将来会像裹脚布一样被抛弃。

—— 我装作无所谓，却发现你是真的不在乎。

骚扰电话

我本应该对着我爸破口大骂，骂他这个不要脸的男人，对不起我和我妈。可我好像习惯了在打骚扰电话时保持沉默一样，一句话也说不出来。

初一时，智能手机刚刚面世，我爸用老板给的奖金买了一部。我出于好奇，喜欢把玩我爸的新手机。

有一天我悄悄地在他的手机上打开短信，在发件箱看见一条短信，上面写道：“宝贝，吃饭没？”

那个手机号码不是我妈的，也不是我的，我只看得到短信的那头是一个姓余的人。这条短信之前的信息应该是被删干净了，至于这条，应该还没有收到回复。

尽管那时的我才初一，我也知道这条短信意味着什么残酷的事实。仿佛我才是被出轨的妻子一样，我拿着手机颤抖、恍惚，露出

一脸不可置信又愤怒难掩的神情，尽管根本没人看见我在干什么。

随后我把手机放回了我爸的包里。我背下了那串面目可憎的号码，用我自己的手机拨了过去。电话那头果然是一个年轻的女声，冲着我“喂”了好几遍。我没有出声，她就挂断了电话。

自那以后，我报复一般地不停朝那个号码打骚扰电话。早上起来上厕所打一遍，走在上学路上打一遍，中午午休时打一遍，晚上进了被窝再打一遍。

每次打骚扰电话我都不出声，只听那个女人隔着电话不停地喊“喂”，然后挂断电话。有时她不接听就直接挂断了，我不甘心，要一直打到她接听为止。有时她被我骚扰到抓狂，对着电话大声爆粗口，然后还是挂断电话。

激怒她就是我的目的，她越是撒泼，我心里越是暗爽。

我继续没日没夜地拨打骚扰电话，在这期间我再也没在我爸的手机上发现有关这个女人的任何痕迹。也许他和她已经断了联系，也许他只是把暧昧的信息都删干净了，但只要我妈看不到，这看似无理取闹的一切就是有意义的。

打骚扰电话持续了一个多星期。在一个我爸声称“赴饭局”而没有回家的晚上，我在被窝里不知第几次拨打了那串倒背如流的号码。

电话通了，这次不再是那个女人对着电话“喂喂喂”，而是传来我爸略带怒意的声音：“你是哪个？”

我拿着自己的手机，再一次颤抖、恍惚。我本应该对着我爸破口大骂，骂他这个不要脸的男人，对不起我和我妈。可我好像习惯了在打骚扰电话时保持沉默一样，一句话也说不出来。

随即那头挂断了电话。

我在被窝里无声地流泪。我用不到一分钟就记住了情妇的电话号码，他却认不出他 13 岁的儿子的来电。

自那以后我再也没有打过骚扰电话，我发现我这些天以来的坚持都是徒劳的，我再也不能拉回他那颗飘忽在外的心。由于我和我爸的隐瞒，我们一家人过着和从前一般平静的日子，我也不知道他和情妇如今是否还在纠缠不清。

爸妈步入 50 岁以后，关系越发冷漠疏离。这难道真的是因为婚龄渐长吗？只有我知道，早在我初一的那一年，他们的婚姻就因为其中一方不可挽回的错误而化作了泡影。至于后来的日子，都是一场残忍无比却没有落幕的戏。

我把秘密看在眼里，却只能在心头唏嘘。

更新：

我以为我把这个秘密写下来可以疏解心结，结果看到一些人的言论反倒更堵心。

有人说，“出轨是有苦衷的”，“结了婚都会出轨”。

有人说，“你不说是害了你母亲”，“你真没良心”。

还有人说，“分享你刚编的故事”，“通篇 bug”。

对此，我想说的是：出轨就是不可挽回的错误。出轨可以原谅，那要婚姻干什么？

婚姻是一个郑重的承诺，承诺你想要和另一个人一心一意走完漫长的一生。两个人的好感会激发热情，热情会变成平淡，平淡会变成烦琐。爱情无论长久短暂终会流逝，生活也会慢慢露出它的原本面貌。你因为爱情流逝而在外寻欢作乐，那你当初就不该去承担婚姻，因为你根本没有考虑到婚姻的代价。

2005 年纺纱厂倒闭，我妈下岗失业。因为我妈一直以来都是在工厂劳动，后来四处求职也找不到合适的工作。由于我爸收入可观，我妈选择不再工作，回家专心照顾一家人的生活起居，直到现在。

当时我不告诉我妈，完全是因为我懦弱，我不想看见这个家因为我而分裂。现在想想，我觉得自己的决定没错。如果我告诉我妈这件事，最坏的结果是他们离婚。这样就会导致我妈以失业七年的状态重回社会求职，必定严重影响她的生活水平。如果他们没离婚，那这桩婚姻也还是被我捅出了无法缝补的伤口，此后的生活也都是演给孩子和双方父母的一出戏罢了。

所以，我现在觉得我做得没错，问心无愧。你指责我，是因为你喜欢用上帝视角看故事，要是什么感情都是“喜欢就在一起，不喜欢就分开”那么简单就好了。

2012 年，智能机刚刚面世那会儿，我爸就换了智能机，而我和我妈依然在用功能机。

我的电话号码是我挑的，由于那时候我还没有身份证，我爸是拿户口本办下来的。直到现在我爸也记不住我的号码，就算帮我去营业厅交话费，也是打开通信录念我的号码给客服听。可能是因为无关紧要，可能是因为漠不关心。你不相信只是因为你爸妈记得住，但不代表天下的父母都记得住。我爸接听情妇手机上的骚扰电话前，更不会仔细看这串没有名字的号码长得像不像自己儿子的。

暧昧的短信，我也只发现过这么一次。要么是他回家忘记删了，要么是没想到我会悄悄拿他的手机。如果所有的出轨都做得毫无破绽，评论里也就不会有这么多相似的故事了。

情妇不会设置黑名单这点，又刺痛了诸位看客。功能机时代的人们对通信工具的掌握程度远不如现在的人们，在功能机上设置黑名单这个操作，换作曾经的我估计也要琢磨半天。情妇如果是一个和我妈一样的纺织女工，估计还不知道黑名单为何物。

看完这些你仍然觉得我在编故事，那你就当我编故事吧。毕竟事情已经发生过了，你相不相信它也发生过了。

最后，还是对安慰鼓励我的各位表示感谢，也希望评论里那些和我有过相似经历的人，都能走出父母的影子，追求自己想要的幸福。

—— 我装作无所谓，却发现你是真的不在乎。

恩师

好想告诉他：“我现在过得很好，终究没有辜负您的厚爱与期许。若有机会，愿复如往昔，俯身膝边，亲聆您的教诲。”

小学低年级的一堂数学课，老师让我们用手指在尺子上标示出 1 厘米，她下讲台一个个检查。走到我这儿，发现我没标示，当着全班同学面就甩了我一巴掌，扎扎实实的一巴掌。至于骂了啥我不记得了，只记得她的嘴巴张得大大的。

不知自己是被打蒙了还是年纪太小，当时压根没脸红，也没觉得伤心难过或者不好意思。只是这件事跟后来发生的事产生了化学反应，故而难忘。就在此事过去不久，有次数学大考，全班就我一个得了满分。老师在班上说了这样一番话：“这次 ×× 拿了 100 分，棒极了！这才是我的孩子啊！你们说对不对！我最喜欢这样的孩子！你们都要向 ×× 学习知道吗！为 ×× 鼓掌！”话音刚落，老师的手就像钢刀运作一样为我鼓掌，那节奏、那力量，让我霎时间想起她甩我一巴掌的情景。她当时凶狠的表情，与今日她鼓掌的神态，并无二致。

某年六一，是我小学最后一个儿童节。年级组织了很多活动和游戏，当中有个演讲比赛，要求演讲稿须是演讲者原创。

在赛前一个月，班主任已经安排好人选——W 君和我。W 君是自幼就以才艺闻名于全年级的优等生，我则逊色得多，不过在中小学联校征文比赛中成为学校所在小学组唯一一名获奖者而已。班主任让我们写好稿子，还要背下来，要求到时脱稿演讲。很不巧，我的稿子在比赛那周落在家了，我只能凭借记忆背诵。加之怯场，背到倒数第二段我忘词了。评委要求交稿子，我也没有，自然无法参评了。W 君事后将此事告诉了班主任，当时我一只脚已踏进了教室，班主任直直地盯着我良久，一言不发。

那个眼神，我一辈子都忘不了。

那真是我过得最糟糕的一个儿童节。

幸好，也是最后一个儿童节。

以后不必再过了。

只是，儿时的经历于一个孩童所造成的影响，大概是深远而持久的吧。

这事给我最大的阴影，是我再也不相信老师，害怕老师；同时也瞧不起老师，觉得作文里写的那些温暖慈爱的老师都是骗人的！就算世上真有这样的人存在，呵，也不会是这么倒霉的我能遇到的。

还有一个阴影，是我讨厌所谓的才华与天赋，视之为瘟疫、噩梦。我一直想，若我当年成绩差，老师对我的态度就会始终如一，我就不必在小小年纪去感受人情之变化无常；若我文笔烂，班主任就不会让我去参赛，也就不会发生后来的事，让我体会到原来自己不过是被利用去为她争取荣光的一颗棋子。

上了高中，我也不好好听课，班主任为此把我叫到办公室好几次。但因为我始终是文科第一，班主任面对我的无礼和倔强也无可奈何，后来便完全撒手不管了。她是个市侩的女人。我只不过会写点诗词，能读懂古籍，她就老想着以后我会成为名人似的。

新的学生证下发，老师想让一个写字好看的学生帮她填写名字。其时我首先想到的是Q君。怎料班主任让我写，我问她："Q君字写得比我好，怎么不让他写呢？应该选他的。"班主任曰："你写得更好。"等到我拿着一叠学生证回到座位上，班主任突然对着全班宣布："那学生证我已经让××写了。你们可都要好好保管啊知道吗，将来我们班上出了个名人、大家，你们手中的学生证就是真迹，那就值钱啦！"听着真令人抓狂啊！当时只觉得好丢脸，好想找个地缝钻进去。

就这样，我带着倨傲的态度进入大学。如果没有遇见恩师，我可能无法领悟到自己过去犯下的错误，我的轻慢、冷漠以及对老师极重的怀疑心就不会消融，我心里的这个缺口也永远无法填上。

恩师教授我们古典文学和写作，是一个平日里安安静静并不显眼的老师，讲起课来也不大有趣。课堂上，同学多半各干各的，也不怎么与老师互动，我则听些不听些吧。有一次恰好听到恩师表扬上台写小短文的几个同学，说他们有当作家的天分，我不禁嗤之以鼻："就那水平也堪当作家？"之后有堂写作课，话题是"情诗"，我偷懒，把高中那会儿写的诗词当作作业，又刚好被恩师抽中当场朗诵。我不肯，恩师嘱咐我有空发到他邮箱。我遂趁给他发邮件的机会，附上一语："我宁要严厉的批评，也不要甜腻的表扬。"恩师回复我，说我为人容易负气。我又与之辩驳数番，恩师没再回复了。

在下周的写作课，我困得不得了，一下课就趴在桌子上睡觉。此时感觉有人在唤我。睡眼惺忪之间，我抬起头见恩师递给我一张纸，我单手接过就塞入桌子底下，继续睡觉了。直至午间我才想到恩师给我的那张纸……当我将其置于眼前，我立马给了自己两记耳光。悔恨不已，无以言表！那是一封信，是恩师写给我的信。

××：

你好！

像你这样的学生，恐怕轻率的点评是不能让你满意的，这样做我也不会安心。这学期我很沮丧，这门课让我很惶恐，我常常担心自己误人子弟，也常常想逃离这个讲台。可有你这样为文字如此焦虑的学生，我又定下心来。虽然我不是作家，没有太多的经验传达给你们，但依然希望给你们开一扇窗，让你们看到些好东西。

你的写作水平在同辈之中算出类拔萃的，但要想再上一层楼，除了多写外，一定要多读一些好作品。除了古典诗词、散文外，一定要多看些现代经典的、富有争议性的东西。一个好的作者，不仅要有精准的文字，更要有丰富深刻的思想，而后者一定要通过阅读来完成。阅读不仅包括阅读文字，更包括阅读人世，它包含以敏感、慈悲的心灵体察万物，以深邃、多元的思想解释我们所在的世界。我希望在四年当中，你要学会这个。

看得出你是个很有主见的女孩，这种素质很棒，我真心希望你能保持下去，虽然它有时会让你伤痕累累。一个有明确判断力、有坚持、有梦想的人，一定会在追求的路上有所得。我不太喜欢从宏观上关注问题，更喜欢以自己微小的心灵体验世间万态，然后找到一个可以让我相信、坚持下去的东西，很庆幸，我目前还算安定和放心。通过我的经验，我相信一个简单但长期的坚持，一定会让我们收获许多。你对文字的热爱和焦灼是我欣赏的，希望你一定坚持这种热情，用文字展示你的全部，让文字因你而美丽。

匆匆写就，词不达意，望你一如既往地珍爱文字！

×××（恩师名讳当隐去）

×年×月×日

读完再三，我又给了自己一记耳光，孤坐在教室里良久……

从来没有一个老师像他这样，真真正正地关注我的内心，关注我对文学的执着与热忱，而非关注我分数多少，发表了多少作品，能为班级乃至全院带来什么荣耀。何况，在我们通过邮件谈话之前，我与恩师并无任何直接的接触，我觉得恩师大抵不认识我这个人（顶多对我有所耳闻）。这也意味着，我们之间并无交情，他本不必如此待我。他大可将我视作一个轻狂傲慢之徒，无须苦口婆心和我细诉。由此愈见恩师之“恩”，重如泰山。

终于，过去我一直觉得自己不值得拥有的、令我深爱又痛恨的那支矛盾之笔，今日可以坦然自信地紧握于我手中。终于，那个沉重、阴暗的枷锁，被恩师的慈悲消解了。

眼中的霾，也能若今夜的月色一般，流出溶溶柔光了吗？

不知恩师是否会看到这篇文章。

好想告诉他：“我现在过得很好，终究没有辜负您的厚爱与期许。若有机会，愿复如往昔，俯身膝边，亲聆您的教诲。”

三人行，则必有我师。师者，有学问之师，有人格之师。授之以学问者众，冶吾情濯吾性者寡，而能使终生效之者几人？

—— 我装作无所谓，却发现你是真的不在乎。

出门透了口气，顺便缉了个毒

行车几分钟后，领导展示了他惊人的观察力，问了一句：“那个骑车的人呢？”所有人都如梦初醒。

前几天看到永丰县公安局禁毒大队大队长参与一起制毒案的消息时，我是不敢相信的。当然，这份工作并非天然导人向善，包括我在内，缉毒工作者都有各自的缺点和欲望。

我惊讶的是，作为一个业内人士，即使欲壑难填，也不太可能选这种方式铤而走险，因为不用尝试也知道这是条死路。我在边防部队做缉毒工作的那几年，从未见过在职的军人在这方面脏过手。经济上，军人只会比警察更穷，但我真是敲碎脑袋也想不到还有这种操作。我见过最出格的行为是有人脱下军装后参与运毒。

第一次遇到这种事，那个老兵我不认识，比我入伍早很多年。

抓到他是因为他运气太差，而我们又运气太好。

云南夏末，晚饭后太阳还没下山，当天没有训练任务，我们就问领导说，要不去沙滩踢个足球？领导从嘴里抽出牙签，点头同意。人齐了之后去找通信员开门拿球，却死活找不到人（后来知道他有便秘的毛病，在厕所蹲了很久）。

没有足球，本来还有其他娱乐项目。我们单位待遇还行，可以打台球、乒乓球、篮球，甚至有个简陋的唱歌房，还能打单机电脑游戏，但都在室内，我们总想出营区透透气。在部队待过的肯定知道，走出营门会让人感到自由。所谓透透气，其实就是想自由一点。

领导说那我们出去"堵卡"吧。堵卡就是便衣巡逻，在辖区内找找可疑的人或者车，现场盘查。

驾驶员开着一辆地方牌照的猎豹车，车上连带驾驶员一共四个人。我们先是往东，趁天黑之前，去东边的一个小集市走了一圈，那是个露天集市，天黑之后收摊就没人了。集市上没有什么发现，我下车买了四个"麻窝渣"（一种热带水果，后来才知道叫番荔枝），此时太阳已经落山，我们开车往西。

西边是山腰上的柏油路，两边树林密不透风。我们有时接到协查通报，最喜欢在这条路上设伏，因为有七八公里长的路段两边全是密林，只要把路两头堵上，就成了一截焊死的水管，任何交通工具都不可能从路两边逃脱，即使是徒步，也跑不起来。

我们在这条路上走了一半，迎面遇上一个骑老式自行车的男人，车上绑着一把锄头和一个水壶，还有一个蛇皮袋。这在当地很常见，云南山多地少，很多农田离村落远，所以当地人喜欢骑自行车下地工作。骑自行车的人穿着发黄的衬衫，卷着袖口和裤脚，车蹬得很吃力，疲惫不堪的样子，和当地人别无二致。

我们和自行车擦肩而过，谁都没多看谁一眼。又开了一小会儿，也就两公里的路程，路边停着一辆“湘 B”车牌的现代伊兰特。这个时间点，一辆外省车停在深山的路边，这在我们眼中是高度可疑的。之所以还记得是“湘 B”车牌，是因为我们下车盘问前，在车里开了一个恶俗的玩笑，三四个荷尔蒙过剩的青年人，看到这样的车牌，总是会无聊一把。

下车盘问，车里只有驾驶员一人，大概的说辞是开累了停下来抽支烟。把他叫下车，我们对车辆进行了简单的检查，反正一辆车一般能藏毒的就那几个地方，比如空调管道内藏毒，只要把空调打开，伸手测试一下风量就行，其他地方检查得也很快。

整个过程不超过五分钟，中途领导还接了个电话，催我们快点，好像是接到一个协查通报。最后拿电筒检查了一下底盘，告诉他：“附近治安不太好，这里停车不安全。”然后我们掉头往回走。

行车几分钟后，领导展示了他惊人的观察力，问了一句：“那个骑车的人呢？”

所有人都如梦初醒，这条路两边没有任何能走自行车的小路，所以自行车只能往前走。如果是回头走，一定会再次和我们迎面相遇。但如果他没回头，我们应该已经追上他了。所以，很可能他下了大路，钻进了两边的树林，至于自行车，应该是被藏在路边。

驾驶员加快车速，一直开到营区附近，再也没见到那辆自行车。我们确定那个人不是骑车比较快，而一定是下了大路。

我们再次掉转车头，往推测的地点开。因为是山腰上的路，右边是上山，左边是下山，这次我们用电筒严密关注路左边的草丛，搜索了两三个凌乱的草丛之后，终于找到了那辆被遗弃在路边的自行车。车上的水壶和锄头还在，但蛇皮袋已经不见了。

这更加深了我们的怀疑，他要逃跑大概率是下山方向，而不是上山。下山他只要跑大约一公里，就能到江边。这个季节江水不急，有个塑料袋他都有可能游过去。

考虑到他的心理，我们从自行车的位置出发，找人能走的路，尽量用最短的距离到达江边。到江边之后看到他，他真的拿了个塑料袋，正在往里灌风，虽然风不大，但泅渡的口袋也不用灌太满。

虽然我们没开电筒，但也并没有刻意隐蔽，因为附近是空场，无处可避，只能快速接近。

他也很快发现了我们，也来不及给塑料袋扎口，直接用手抓着袋口就往江里走。那一段江水是由浅及深的，浅处只能走不能游，在这样的水里走路速度会被拖慢。

我们最先抓住的是他救命用的塑料袋，一把夺过来，里面的气体一下漏完。他似乎也没有拼死跳江的勇气，在塑料袋被夺走之后，他唯一的抵抗是想把系在腰上的蛇皮袋扔进江里，但他之前把蛇皮袋系得太紧，并没有成功。

除此之外，只能束手就擒。嫌疑人叫黄 ××，蛇皮袋里是“350”，也就是 350 克一块的海洛因，四块。

返回的路上，我们问话的重点是那辆伊兰特。黄 ×× 说他早就在附近等了，毒品就是伊兰特送过来的。我们检查完伊兰特离开的时候，伊兰特驾驶员打电话通知黄 ×× 有人在检查，黄 ×× 丢弃自行车逃跑。

我们也尝试去找伊兰特，但这种象征性的努力必然徒劳，伊兰特驾驶员既然能通知同伙，自己肯定也早消失了。

我们问完话之后，黄 ×× 突然问了一句：“于 ×× 还在不在你们单位？”

这个问题让我们所有人吃惊，因为于 ×× 是我们单位的二级士官，一等功臣，像我这批兵，基本入伍就是听着他的案件过来的。他即将保送乌鲁木齐边防指挥学校，如果在这种敏感时刻和这起案子有什么瓜葛，那就太可怕了。

好在嫌疑人只说自己也在我们单位服役过，和于 ×× 是同年兵，当年一个班的。从话里推测，于 ×× 应当和本案无涉。

车到单位之后，嫌疑人被关在排毒室，单位领导都去了，让我们回去休息。

回去之后，我看还没到熄灯时间，就跑去五楼图书阅览室，想看看书。结果正好那段时间保送军校的和考军校的人都停下日常任务，白天学习，晚上在阅览室自习文化课。我在阅览室看到了于××，把他叫到走廊，问他认不认识黄××，他说认识，同年兵，我说这人现在被我们抓了。

他不信，但又不得不信，犹豫了一会儿，说："我去排毒室看看。"

我说："单位领导都在，你想好，现在去合不合适。"

他想了一下，说："算了，等通知吧。"

后来于××顺利保送，黄××的下落跟我，乃至我们单位都没什么关系，移交之后就没什么事了。

后来根据不可靠传言，黄××可能是赌博输了很多钱，可能还有一些其他境遇，多方原因吧，走上了这条路。所以这次永丰县这个案子，我觉得这个大队长走上这条路，背后应该也有复杂的原因。一个人背叛自己的职业和所受的教育，必然有其原因。在怒其不争的同时，犯罪行为背后的原因也应该关注。这并不是为犯罪行为开脱，而是搞清楚原始动机之后，可以当作值得借鉴的案例，对职业道德的建立和团队管理都有正面作用。既要惩前，也要毖后。比如像黄××的赌博一样，如果在赌博阶段被严厉制止，他也许不会走上这条路。

最后，我们后来一致认为黄××的案子，应该归功于通信员便秘。

—— 我装作无所谓，却发现你是真的不在乎。

童年阴影

我明知道我是逃不过这一顿打了，但却还是心存希望，希望他们能够给我一点尊严，能够给我一个开口解释的机会。

小学的时候，因为跟弟弟争吵，一怒之下甩了弟弟一巴掌。

当时是当着爷爷奶奶的面，弟弟立马一屁股坐在地上哭天抢地。爷爷当场破口大骂，我当时就意识到下手太重了，不应该当着家人面打他。但我当时被吓蒙了，傻傻地站立在原地手足无措，而奶奶立马就站起身子黑着脸扬起手臂要打我两巴掌了。正在厨房洗菜的妈妈听见外头的吵闹声，忙走上前来问发生了什么，我蒙着头蹲在地上默默地哭了。我听见爷爷奶奶向妈妈控诉我，编造我的恶状，弟弟在一边作势哭得更凶了。

爸爸有事不在家，唯一一个会帮着我说话的人不在，我顿时六神无主，差点就魂飞魄散了，一直在心里反复地质问自己，为什么要下手打弟弟呢？我明知道我是逃不过这一顿打了，但却还是心存希望，希望他们能够给我一点尊严，能够给我一个开口解释的机会。

但我没想到，她在听完爷爷奶奶的控诉之后，没有问流泪的我一句话，反而狠狠地一脚把我踢翻在地，还用力地拍打我的头。我疼得话都说不出来，甚至不敢抬起头。爷爷奶奶在一旁骂我，说我的不是，说我不该打弟弟，附和妈妈打得好，我就应该被打。

那时候我第一次认识到了自己在这个家庭里的卑微地位。我仓皇地爬起身来，佝偻着身子，抬眼看见弟弟脸上得意扬扬的笑容，还有爷爷奶奶面带嘲讽的样子，我甚至觉得我这一辈子都不会忘记这个场面。

那我为什么会在家人面前打弟弟一巴掌呢？

因为那天是我的生日。我家穷，我一双塑料凉拖鞋可以穿两个暑假，衣服也是捡哥哥姐姐们的穿，那时候农村里没有蛋糕，只有大一点的小城镇才有蛋糕店。我辛辛苦苦好不容易求来的生日蛋糕，结果被弟弟给偷吃了，那一刻我怒火中烧。我追着他跑，一巴掌也就那么毫无顾忌地当着家人的面扇他脸上了。蛋糕是那种纸杯蛋糕，小小的，一只手掌就能握住的一杯子，很可爱，可最后我没能吃到，等吃到时也没有了当初那种心心念念带点执念的味道了。

既悲伤又羞愤的我跑出家门，结果却是没地方可去，于是晃晃悠悠地走向了大门紧锁的小学，翻墙而进。我躲在水泥做的乒乓球台下，默默地抹着眼泪思考人生。那里很安静，没有一个人前来打扰我。

后来听说我爸回来发现他女儿不见了，我妈也突然良心发现（后来想想她可能是怕我离家出走，大过年的邻居会说闲话），似乎他们还全部出动在外面找过我。

可惜我在乒乓球台下吹完冷风，脑袋清醒之后便长途跋涉跑去了远在两个村距离外的外婆家。

至此以后，我每次离家出走后都会先跑去学校一趟，小学、初中、高中里的操场、乒乓球台，都是我最喜欢的地方。不知道这是一种怎样的情结，但我终身不能忘。

我已经走出那一段心理阴影了，尽管时常想起之后还是会如鲠在喉，但我现在的想法已经不会那么偏激了。

更新：

看了很多朋友的回复，其实我并没有大家想象中的那么可怜，甚至还有一点可恨。在这里我想将我的自身经历说出来，也希望和我有过同样经历的人能够克服重重障碍，好好地爱护自己。

在这个故事之后的我，做了一件非常不该做的事，尽管那时的我像逃难似的躲在外婆家待了两三天，最后还是被老实忠厚的爸爸叫回了家。爸爸在家说话有分量，有他在的话我的日子会好过一点。

回到家没过两三天，脾气暴躁的我与脾气更加暴躁的妈妈还是因为小事吵了起来，正处在叛逆期的我在老妈怒火即将爆发的时刻果断溜走了，临近夜晚才回到家门口。我家当时是那种可上下拉伸的铁门，爸妈和弟弟三人就住在二楼的大卧室里，我在楼下叫喊，让他们开门。当时叫了很久都没人开门，后来我就大着胆子开始踢门，直到有人下楼给我开门。果不其然下楼的是我爸爸，他打开门让我进去之后便嘱咐我快点洗洗睡，还教导我以后不要那么晚出去玩了，会被妈妈骂的。我左耳进右耳出，从电视下面的抽屉里拿了些零食，便上楼一边洗澡一边开吃了（小时候用的是浴盆）。

还没洗到一半，突然一个人闯了进来，我妈一看到我就劈头盖脸地一顿骂，还用力揪我的手臂。我痛极了，就用水泼她，最后的结局还是我妈心满意足地打了我一顿。直到水变得冰凉，我才穿好衣服，走到楼下，去厨房拿了一把菜刀。

我偷偷摸摸进了我爸妈的房间，那时房间里已经没有了光亮，我在门口站了很久，考虑要不要下手杀了我妈。我看了看睡得正香的、丝毫没有发现危险的她，又看了我爸和我弟一眼，默默地把门带上离开了。那天晚上我自杀了，但那时的我还太年轻，且胆小，菜刀也很重，而且我不知道怎么想的，我是用左手割的右手腕，最后当然没有划破血管，只擦破了表层皮肉，但这已让我痛不欲生。我哭着哭着，泪水湿透了半个枕头，我想着睡着睡着我就会死去了。

结果第二天醒来，第一次无厘头的自杀事件就这样过去了。之后的我不知为何性格大变，一改之前的暴躁脾气，变得沉默寡言，又或许是家人对我而言已经没有足够让我生气或者暴躁的价值了。

在这之后，我的身体又多了几条伤痕，左臂上的黑痣是爷爷用烟头烫的，我不知道为什么它会成为一颗黑痣，我只是依稀记得在很长的时间里它都是一个圆形的疤痕。而右腿膝盖上的刀疤是我自己砍的，下田收割稻草的时候划伤的，那鲜红的血就像果汁一样从皮肉里流淌出来，我很欢喜。还有那疤痕越来越深的右手腕，在成长的这些日子里，它们都陪伴着我。

与家人的关系也在成长中逐渐淡漠。初中时，我与妈妈正式闹翻了，初一至初二她都践行了她跟我的约定，不再管我。爸爸是一个不善言辞的人，青春期的我亦充分继承了他的这个“优点”。初中时代的我沉默寡言，性格孤僻，几乎没有朋友，偶尔往来的也只是那三两个人。又或许我不是天生的沉默寡言，只是自卑而已。那段时间我遇上了我生命中最珍贵的两个人，我最好的朋友和她的母亲。我被朋友的母亲收为干女儿，而她也自然而然地成了我姐姐。我梦寐以求的家庭就这样出现在了我的生命中，像是上帝突然给我开启了一盏明灯。

面对原生家庭带来的痛楚，没有足够的勇气，就没有与之对等的能力去改变它。

就像力的作用是相互的，人亦是如此。

从性格转变到人格塑造，这其中皆是成长路上的一路教训。

初中、高中、大学，乃至成年之后毕业工作，自卑与抑郁一直环绕着我。原生家庭是一个心结，你不知道什么时候能够打开这个心结，但你不能够放弃打开这个心结。

现在的我与家人保持了适当的距离，来往的只有不断的转账记录与关于弟弟成长的一切消息。比起曾经绝对不超过三分钟的单次手机通话记录，现在已经有完全超过三分钟的数条 60 秒微信语音消息，我与他们之间的交流有了十足的进步。已经没有了当初小时候对弟弟的恨，现在的他是我与父母之间交流的不可或缺的纽带。

人是有理性的高级动物，现在的我已经有足够的能力维系这段毫无价值且毫无感情的关系，无关法律法规与道德义务，只要该做的做好，问心无愧便足矣。

外公外婆是我生命中最重要的两个人，我把心中五个位置中最重要的两个留给了他们，其次是我干妈和干姐姐，最后便是我自己。

—— 我装作无所谓，却发现你是真的不在乎。

等钱救命

我身边亲戚都劝我大度，我没有明说郭德纲那句“劝人大度遭雷劈”，但是心里想的确实是：“你们知道我经历了什么，你们就来劝我大度。”

我是个癌症患者，查出来病时比较突然。当时手头没有钱，钱都投资理财了，取不出来。没有办法，我去向姐姐借，她只有一句“你的钱都投资了”，就没有下文了。弟弟买房时向我借了几万块钱，快十年了没有还，房子从一千多一平方米涨到一万多一平方米。他把房卖了，挣了不少钱，而我等钱救命时却连个面都不见。

我是一个单身母亲，带个未成年的孩子。当时孩子 8 岁，没有办法，把孩子给我老父亲带，自己去看病了。从手术到七次化疗，费用都是靠透支信用卡，所有过程都是一个人挺过来的，手术后拿着出院证明去把自己的住房公积金取出，还了第一笔信用卡费用。

但是因为没有休息好，手术口子没长好，肠子出来了，让 120 又拉回医院，做了第二次手术。好在有医保，就这样出院入院一次次挺了过来，总共住了 10 次院，其中辛酸自不消说。

歇了两年病假，办了病退。我姐天天跑过来，说想把她儿子送出国留学，要借钱。我从来不接她的话茬。我母亲已故，父亲和我住一起，彼此有一个照应。弟媳妇的孩子大了想送过来，说是让我父亲给她看孩子。我父亲七十几岁，送过来只能是我带，我动完手术，还没有过康复期，还指望我给她看孩子？我说不行。弟媳妇和我父亲闹，我把她赶了出去，明确跟她们说了：“再这样闹，别怪我不客气。”我身边亲戚都劝我大度，我没有明说郭德纲那句“劝人大度遭雷劈”，但是心里想的确实是：“你们知道我经历了什么，你们就来劝我大度。”

我是 2015 年 9 月底因为身体不舒服，鼓足勇气去参加了“两癌”免费筛查。当时社区医院建议我最好去市级医院看一下，到了离家最近的市级医院，大夫也很重视。做了活检，结果出来是上皮化生，还可能是一个癌前病变，大夫让在本院做治疗。但是我想到更专业的医院去，就去了本市的省妇幼保健院，事实证明去对了。到了省院后很幸运，当时是妇瘤科主任坐诊，他仔细询问了情况，又做了两项检查，然后说：“你住院吧。”住院的第二天就查出癌症了。

当时拿到结果如晴天霹雳。这时候我姐打电话，说是我弟弟住院检查身体。我弟弟全家买有商业险，带住院补贴的那种，有点事就住院好报销，而每次我都得去“服劳役”（去看望和照顾，我丈夫去世了，想着和娘家人搞好关系，有个照应）。

我说：“我去不了，我查出癌症了。”

电话那头沉默，最后说：“你好好看病。”

我母亲是 2015 年 5 月 4 日因为直肠癌肝转移过世的，在这之前在市内各大医院辗转住院。为了照顾我母亲，我调到单位监控室上夜班，我姐姐每天晚上照顾我妈，我在医院当白班。这是我姐自己的主意，这样她回去能休息。而我晚上不管怎么说也要上班，休息不好，就这样持续了一年。从我母亲过世到我查出病，中间就间隔 4 个多月。

病查出来，需要治疗，但是国庆节到了，大夫要休息了。一个好姐们儿说：“你去省肿瘤医院吧。”她找的专家。从查出病到手术，中间间隔七天——国庆节假期。当时我买的是银行的理财，根本没什么理财质押，套现没有可能。所以评论区的朋友，不要说什么我是为了利息。

不过即使是为了利息，我也无可厚非。当年我姐出国打工，从我这拿的钱，也是过了两年才还，我也没有跟她算过利息，更不用提我弟弟从我这借的钱。

不遇到事，你永远体会不到人情有多薄。

—— 我装作无所谓，却发现你是真的不在乎。

那些前任教会我的事

我不讨厌我的前任们，相反，我谢谢他们。
等下一个人出现，我依然愿意以更好的我奋力去拥抱他。

我有三个前任，不才领他们来给大家认识一下。

一个有颜，一个有钱，一个有学问。表面上看都还拿得出手。

第一个前任是我初恋，鬼知道这校草怎会喜欢上我。和他在一起挺风光，毕竟颜值这东西，正儿八经写在脸上，有时候比钱还实在。

长得好看的人，一般都很讲究，不仅自己讲究，还要求他身边的人讲究。我就是在他的命令下，又是减肥，又是学化妆。

说真的，我过得挺辛苦的。我饿了三天三夜没吃饭，西红柿都不敢吃太多，他走到街上，依然会对我说："你看那边那个女生腿多细，你什么时候能和她一样就好了。"实在对不住，我饿得两眼昏花，看啥都像卤猪蹄子。

后来我停止了减肥，因为我们辩论队要代表学校出战，我怕自己每天饿得精神恍惚，拖了后腿。那场辩论我们赢得很精彩，我正要跟他分享这份喜悦，才看到几个小时前他发的微信："分手吧，你不可能瘦下来的，你不好看。"

追我的人是他，嫌我的人也是他，男人，难搞哦。我回了个"好吧"，看到的已是红色感叹号。说真的，女孩子有时顶要面子的，你可以说她笨，可以说她"作"，甚至可以说她胖，但最好不要说她不好看。

他让我明白，长相美的人，未必拥有一双看得见美的眼睛。

平心而论，我长得还算能看得过去吧，不然起初他怎么会看上我。除了长相以外，我难道没有任何内在可言吗？我的性格、长处、品行，他哪一样都不关注。小时候我妈妈总是叮嘱我，与人相处，要学会发现并欣赏别人的闪光点。后来我才明白，不是每个人的妈妈，都这样嘱咐过他。和不懂得欣赏你的人交往，那叫对牛弹琴。

第二个前任是我小学同学，我俩后来意外重逢，我才发现他竟是个富二代。我由衷感慨自己小时候不谙世事，单纯到"有眼不识泰山"，还把他打哭过。

开始时挺甜蜜的，我们的大学隔了半个中国，每天一起开黑打游戏，都很开心。虽说是找了个富二代男友，但并没有打钱、送口红包包之类的情节。身边的朋友都羡慕我，连我妈听说了都高兴。可我认为，我就想简单和他谈个恋爱，只是碰巧他家有钱罢了，所以物质方面我从没要求过什么。毕竟我还在上学，生活简单朴素，也就火锅、烤肉、奶茶的开销最大。他来看我时，我们都是吃吃喝喝，唱歌看电影。

有次他问我："你怎么跟别的女生不一样，不爱逛街购物？"

难道要我直接坦白告诉他是因为贫穷吗？开什么玩笑！

我十分体面地回答："没什么需要的，就不逛了呀。"

这话落到他妈妈耳朵里，她听闻我家境一般，不仅没夸我本分，还提醒他："你防着点，这姑娘城府深着呢，在放长线钓大鱼。"

此后那段日子我很痛苦。你知道吗，最难受的不是你付出了没有回报，而是你的付出对方不仅不买单，还猜忌你的用心。我给他织过围巾，给他手写过一小本关于我们的回忆录，给他做过很多 DIY 礼物。他却说："有什么用，这些加起来还没有我去看你一次花的钱多。"

我表示我也可以去看他，他说："你来了吃饭住宿还不是花我的钱。"于是我向他承诺，这次换我请他，不用他一分钱。当时临近月底，我生活费紧张，机票都是借钱买的。他却又质疑我："你对我这样好，是为了什么？"

为什么？就因为你是我男朋友啊。

最终我确实去了机场，却忽然不想登机了。他便怀疑我根本没买机票，当他还在电话里嘲讽我没钱，更舍不得给他花钱时，我直截了当说："我们分手吧。"

他让我明白，有钱的人，未必很大方，他们对和钱有关的事，比你想象的要敏感。

钱让他们更有魅力，却也可能成为他们的枷锁。有时，他们会看紧自己的钱袋子，生怕身边的人是为之而来，是骗子或强盗。没钱时，钱能给人安全感；有钱时，钱会带来危机感。相比之下，财力相当的恋爱，更容易细水长流。

第三个前任是个"学神"，我们大学有个独立出来的"神仙学院"，类似高中的尖子班，他就在里面。老师喜欢他，同学尊敬他，他上知天文下知地理，英语好到让我一个英语专业学生都自愧不如，还会日语和德语。

经过了之前两位前任，我都有些看破红尘了，找个同校生谈谈校园恋爱，应该很稳妥吧。然而，本"肥宅"眉头一皱，发现事情并没有那么简单。

我喜欢看闲书，脑洞又大，但无论我说什么，他都能接得住，并跟我津津有味地聊下去。他看起来彬彬有礼，很有教养，气质那个好啊，可以说是鹤立鸡群。我领他回家见了爸妈，长辈都很喜欢他。

那时我收留了一只刚出生不久的小野猫，它身体不好，不爱吃饭。有次他来我家找我，我碰巧在赶作业，他闲着没事，我就麻烦他帮我喂一下猫。这小猫吃东西时傲娇得不行，得哄好久才肯吃。

我写完了去看他和猫，却见他正把小猫的头摁在羊奶里，小猫蹬着小腿求生一般拼命反抗。猫碗很浅，淹住倒不至于，但说真的，我被吓得不轻，像无意间撞见案发现场，想马上躲起来以免引祸上身。可是我又担心着猫咪，想立刻请他 get out。

最后还是给了他机会，我不想以最坏的恶意去揣测别人。后来，我们只吵过一次架，也是最后一次。

那天不过因为吃西餐时我点错了他想要的牛排，他要发火，我希望他能将就一下，他就认为是我没把他的话当回事。他摔了我的杯子，伸手扯住了我的衣领。我看见他太阳穴上有根筋跳动了一下，我从没那样害怕过一个人。

后来他向我道歉，说他最近实在压力太大了，他很后悔动了手。我要求分手，他不肯，说了好多挽留我的话，可我心意已决。最后，他再也没有了往日的文质彬彬，倒像个魔鬼，说要我等着。我担惊受怕了很久，好在那年他即将毕业离校，之后我才慢慢释怀。

他让我明白，知识未必能让一个人变成好人，它和财力一样，不过是件有魅力的外衣。

教育和品性不该一并而论，高学历罪犯不是什么稀奇生物，没怎么好好念书的人里，也大有心地纯良之人。一个人是好是坏，与他身上的标签无关。两个人谈恋爱，终究是要直面对方的本心与三观，目光不能只停留在那些引人注目的亮点上。

再多聊五毛钱的。

我不讨厌我的前任们，相反，我谢谢他们。

除了上述教训之外，第一个人，让我学会了注重形象，学习和提升品味与审美。

第二个人，让我学会了克制，人与人之间不必把全部都付出去。你出一半，我出一半，有来有往，不多不少，加起来才完整。

第三个人，让我学会了一视同仁，如果不是类似招聘市场这种场合，没必要先在心里给别人划个高低。是好人还是坏人，不会写在脸上，也不会穿在身上。

飞鸟会把痕迹留给天空，他们曾路过我的世界，轻浅的脚印留在了我心田，我的眼泪也沾湿过他们的衣角。人是互相影响的，哪怕微乎其微，也不可磨灭。没有谁是真正的过客，是每个人留下的痕迹，慢慢勾勒了我们的余生。与其怀揣着苦楚，倒不如换个角度，从伤口里开出花来。让那些人走茶凉的脚印，回头望去时，不再那么兵荒马乱，而像庄严又神秘的图腾。

等下一个人出现，我依然愿意以更好的我奋力去拥抱他。

而且，我相信，总有一个人会来，让我重新做回一个小孩，把这些烟火尘埃中的教训，一下子全都忘掉。

—— 曾以为走不出的那些日子，现在都回不去了。

—— 曾以为走不出的那些日子，现在都回不去了。 

镇守国门

各人在各自的专业领域可能都体会过国家的强大，而最直观的感觉，永远在边境线上。

我是一个在祖国的国门前站过岗的人，我的脚一步一步地走过祖国的许许多多边防线，也曾在雪山下的边境线上合衣而眠，也曾在四面漏风的哨所里枕戈待旦。我想说的是，各人在各自的专业领域可能都体会过国家的强大，而最直观的感觉，永远在边境线上。

虽然那些在边防上的日子早就过去了，但是如今想起来还是有一种特殊的情愫在里面。人，很难在一脚都是水泡，一个月没睡过真正的床，体力严重透支的时候升起什么崇高的感情，不信你可以试一试。

我对自己的祖国的感情没有那么崇高那么神圣，她的强大与

否，说实话并没有比我家人过得好不好更为重要。每条小河里面都没有水，大河里面肯定是干的。这个国家的每一个小孩、妇女、老人、青年，都是这个国家的肌体的一部分，他们过得好不好，直接决定了这个国家强大与否。爱国就是这样，家人都不爱，怎么可能爱国呢？把国家符号化，对爱国简直是一种伤害，还不如具体到爱一个个的人，这时心里会升起一股温情，实在是治疗边防巡逻劳累与疲惫的良药。

我记得很清楚，每次巡逻的时候，只要我不站岗，就可以睡得很香。多年以后想起来，当时应该是想着，就算对面的敌人突然冲过来，我就这么在梦里窝囊地死了，我的父母妻儿，都不至于流离失所朝不保夕。实际上我能够放心地去睡觉，就是祖国强大的第一层表现：安全。

在巡逻的时候经常碰到印度兵。虽然说明面上禁止跟他们交易、互赠礼品什么的，但是实际上双方在上级不在的时候，多少还是有点儿往来的。他们最喜欢我们的三样东西：紫云、口红、钥匙串……这里没有广告的意思哈，云烟里面那种 10 块一包的紫云，在他们眼里就是最好的香烟了。口红就是那种两块一支温州产的，钥匙串上面要有指甲刀和挖耳勺。能换啥呢，有麝香、纱丽、手工艺品什么的，我曾经拿一包紫云换过指甲盖那么大一块麝香，别羡慕哈，这个现在已经没了。这就是祖国强大的第二层表现：物质条件富足。

跟印度兵打交道很有意思，我英语还算不错，他们的英语大家都懂的……于是这个交流呢，基本上是我在说，他们只有拿崇拜的眼神望着我，点头 yes 摇头 no。连说带比画，差不多能够完成以物易物。印度的边防军，好多其实不是正规军，就是当地农民，拖家带口的，当兵同时还种地，相当于我国古代的屯垦部队那样，都是低种姓。在他们眼里，会说英语而不怎么带有咖喱味，那就是一位值得尊敬的绅士了……这个呢，算是祖国强大的第三层表现：教育环境好。

印军里军官都是大爷。大爷到什么程度呢？我亲眼见过一个中尉，在会晤点参与会晤，全程是当兵的抬着的！该大爷左手边是一瓶红酒、一个高脚杯，右手边是一盘水果，头上是一把白色的遮阳伞，这些东西连同该大爷，都是被抬着的！不要以为会晤点是啥好地方，那地方海拔 4500 多米，两边都是陡坡，间或有悬崖啊！我都不知道那些兵是怎么把那个中尉大爷抬上来的，只能望着自己肩膀上的上尉军衔，默默地把眼泪咽回肚子里……我堂堂一个上尉，亲自扛背囊，加上一把步枪、一把手枪、一个基数弹药、一个望远镜、一个指北针、一个地图包，比普通小兵扛的还多！实际上印度小兵很羡慕咱们这边的官兵平等，简直羡慕到流口水，但是又不敢吭声，对自己的军官大爷毫无办法。这个不用怀疑，是祖国强大的第四层也是最重要的一层表现：平等和文明。

诚然，我国还有很多比不上别人的地方。印度绝对不是我们想

象中那样的弱小，不尊重对手就是蠢，我没那么蠢。他们比我们这一代独生子女更能吃苦耐劳，更少有心理负担，更活泼开朗，而且不客气地说，比我们更尊重知识分子。我们在安全、物质、教育、平等和文明方面有超越他们的地方，但也有不如别人的地方，更不用提跟美国、德国等西方发达国家相比了。

我亲自操作管理过一台设备，是 1986 年中美蜜月期的时候从美帝弄的，美国休斯公司出品。一直到 2000 年，休斯公司都不存在了，咱们还没有能够批量制造出与之媲美的东西……

跟我在边防线上以物易物差不多，我们拿得出手的大宗出口产品，也不过是口红、裤子、钥匙串，虽然强过手工艺品，但在产业链上我们还有很多的高峰需要攀登。

我们的西部（尤其是农村），还比较落后。农业本身不够先进，还没有彻底摆脱刀耕火种的生产方式。农民，包括农民工，不管是社会地位还是经济地位，都不高。

我们的军事能力能保证自身相对安全，但是在某些领域与世界最先进水平相比仍有差距。

爱国，对于我们守过国门的人，永远不只是一个口号，而是身上流过的血汗、掉过的皮肉。各种旧伤，一到阴雨天就会提醒你，爱国不轻松。我相信要是一提起爱国就会膝盖疼，也不会有那么多“愤青”和“键盘侠”。扔你去连队三天摸爬滚打，就要哭着喊着找妈妈。让我们记住孙中山先生的一句话——革命尚未成功，同志仍须努力！

最后用一首诗，献给为我们祖国的强大，贡献过智慧、血汗，乃至身躯的每一个平凡的国人：

岂曰无衣？与子同袍。王于兴师，修我戈矛。与子同仇！
岂曰无衣？与子同泽。王于兴师，修我矛戟。与子偕作！
岂曰无衣？与子同裳。王于兴师，修我甲兵。与子偕行！

—— 曾以为走不出的那些日子，现在都回不去了。 

少女小霞

这一幕给我幼小的心灵造成了巨大的冲击，成了我脑海中好长时间都挥之不去的噩梦，时至今日我仍然忘不了那个场面。

刚上初一的时候，学校小卖部的老板娘有个侄女，我们叫她小霞。小霞长得很漂亮，身材好，性格又开朗，很讨人喜欢。

当时有个给小卖部送货的小伙子疯狂地追求她，动静之大，搞得学校里人人皆知。我记得小霞生日的时候，那个小伙子还买了一大束玫瑰花，拿到学校里送给她，引起周围的女同学阵阵尖叫。

但是小霞好像对那个男生并不来申，一直都跟他保持着距离。不过，她是那种性格温和、不懂得拒绝他人好意的女生。对小伙子的疯狂追求，她既不答应，也没有明确地表示拒绝。有时小伙子送给她礼物，她也表现出很为难的样子，收也不是，不收也不是，最后还是小卖部的老板娘把礼物给“抢”下了。

听班里的同学说，小霞已经有了心上人，正在服兵役，等她心上人复员了就结婚。这到底是不是真的，也没人说得清。

有一天下午放学的时候，我从学校门口旁边的小路走回家。小路有点偏僻，两边都是田地，一边种着菜，另一边种着玉米。平常除了种菜的大妈大婶，也就只有我们这些学生喜欢走。

放学后我照旧从那条小路回家，没走多久，忽然看到小霞和那个追求她的小伙子在路边说话。两人虽然站得很近，但并没有身体上的接触。我当时虽然年纪还小，但也知道他们是在“谈恋爱”，所以也没太在意。

当我走近他们的时候，小霞还转过头来对我笑了一下，我也对她笑了一下，然后就从他们身边走过去了。走了一段距离，我回过头看了看他们，我看到小霞似乎很用力地甩开了小伙子的手，两人好像还在说着什么。在他们不远处，还有一个大妈正在自己的菜地里摘着菜叶，时不时也抬起头来看看他们。

我当时虽然有点纳闷，但也没想那么多，因为我最喜欢的动画片马上就要开播了，我得马上赶回去。

就在我刚走到单位大院门口的时候，突然听见小路那边传来一阵叫喊，好像是那个摘菜叶的大妈用本地土话喊着：“杀人啦！”

我当时也被吓住了，想看看那边发生了什么，可偏偏小霞他们站着的地方被玉米秆给挡住了，什么都看不到。我不敢走过去看，只得愣愣地站在原地不动。当时又正值傍晚，大人们都在家里做饭或者吃饭，大院里一个人影也看不到。

又过了十多分钟，我又听见有人在叫喊，应该是那些去菜地里摘菜的大妈看到了什么。

再之后，学校方向就传来了警笛声，也不知来的是警车还是救护车。

那个摘菜的大妈我认识，她平时经常来大院里找人聊天。不过自那天之后，我有好长一段时间没再见过她，听说是住院了。大妈出院之后，我就去跟她聊了聊那一天她看到的事情，也相当于还原了案发现场。

那天她正摘着菜心，看到小霞和那个小伙子在聊天，小伙子不知道说了什么，小霞只是一个劲地摇头。小伙子要去抓小霞的手，不过被她给甩开了。

当时大妈觉得他们在吵架，也不好在一旁看着，就拿了菜心准备回家。谁知在经过他们身边时，那个小伙子突然喊着："得不到你，我活着也没意思了。"然后他从口袋里掏出了一把匕首，猛地朝小霞身上捅去。据大妈说，是往心口处捅了好几刀，小霞一下子就倒在地上了。

大妈吓得大叫："杀人啦！"那个小伙子又转过来朝大妈的腹部捅了一刀，大妈也倒在了地上。大妈捂着伤口，眼看着小伙子又拿着刀往自己肚子上扎了几下，然后也倒在了地上。由于失血过多，大妈逐渐昏迷，之后就不省人事了。

后来听人说，那个小伙子没死，送去医院抢救过来了。大妈也在医院里躺了好长一段时间，之后逢人就说起这件事。

听到大妈说了这些，我真的感到害怕，幸好当时我走过他们身边时，那个小伙子还没动手，不然很可能我也要跟着遭殃了。以至于现在回想起来，仍然感到后怕。

不过真正让我终生难忘的，还是我亲眼看到的那一幕。

救护车赶到现场的时候，医护人员发现小伙子和大妈还活着，就赶紧抬起来送去救治。而小霞心口被连捅几刀，当场就断气了，所以就被留在最后等“白车”来拉遗体。

我当时以为现场都处理好了，就大着胆子慢慢走进玉米地去看。

我看到不远处有警戒线围了起来，两个穿着大白褂、戴着白色帽子和口罩的医护人员正抬着一副担架缓缓走过来。担架上盖着白布，只有头发和鞋子露了出来。

由于离得近，我甚至都能听见走在前边的医生说：“慢点，路有点滑。”

我就这样看着他们抬着盖着白布的担架，从我眼前缓缓离去。

这一幕给我幼小的心灵造成了巨大的冲击，成了我脑海中好长时间都挥之不去的噩梦，时至今日我仍然忘不了那个场面。

如果死的是个陌生人也就罢了，可偏偏又是那个我认识的、又

漂亮又活泼开朗的小霞。就在不久前她还对我笑着，谁知现在却变成了一具尸体，冰冷地躺在担架上。

当晚我就做了噩梦。我不记得梦见了什么，只记得那晚我用被子蒙住了头，一直翻来覆去，到了凌晨才睡去。早上醒来时，床单上全是汗水。

之后直到初中毕业，我都没再走过那条小路。再后来，小卖部老板娘也把小店转让了，不知道她看到自己“抢”来的那些礼物，会不会感到后悔和内疚。

我只是为小霞感到惋惜，还没来得及看看外面的世界，就早早地凋零在最美好的年纪。

—— 曾以为走不出的那些日子，现在都回不去了。

我与奶奶的“地狱模式”#

她好像很矛盾，一边总是不断地跟我强调她对我有多么好，她付出了多少，一边又恶狠狠地骂我是个养不熟的白眼狼。

医生说她快死了。

知道这个消息的时候，我刚过完 18 岁生日。

今年的生日和前几年的不太一样，虽然早就习惯了即使是生日也不会有太多人记得，但是今年的生日好像格外落寞一点。

我记得去年生日前我跟她大吵了一架，理由很可笑，仅仅是因为我晚上睡觉的时候因为太热了开了风扇。

她的理由是太费电了，花钱。

我对她这种抠门简直气到无话可说。

因为彼时本地的温度已经达到了可怕的 40 摄氏度。

她有起夜的习惯，并且一定会顺便来我房间里看一看，我猜是那个时候她关了风扇。

关了风扇后，我一整夜没睡好，汗水湿答答黏在衣服上。我从小睡眠质量就不是很好，睡不好对我来说是一件十分难受的事情。

到了快四点的时候我才迷迷糊糊睡着了，睡了不到几个小时，她便早早地起床了，穿着嗒嗒响的拖鞋开始在房间里翻箱倒柜。

我被吵醒了，态度不好地嘟哝了几句。

她非常生气，冲过来狠狠掐了我几下。

我一下来火了，又是生气又是委屈地吼她："你干什么？"

她破口大骂："这么早起来做家务，还要受你的气。"

我说："那么早起来捣鼓很吵，我睡不着。"

她骂道："你就像只死猪，成天只知道睡觉。"

我说："那是因为你昨天晚上关了风扇，我一晚上没睡好。"

她反问我："那我们以前不也没有风扇吗？不也活过来了吗？你怎么就不行？"

我终于又与她吵了起来，这期间她用无数非常人可以想象的恶毒词汇骂我，我亦不甘示弱，如同一个泼妇般跟她对吼。

我丝毫不怀疑整栋楼都能听见我们的吵架声。

最后她骂骂咧咧地走了，我呆呆地坐在床上，好一会儿才想起今天是自己的生日，然后终于忍不住哭了起来。

我在外头是很要强的人，大概是因为我并不拥有旁人那些底气，所以更需要这层薄若蝉翼的自尊做伪装。

我小心翼翼，生怕一点外力就会戳穿自己。

其实我很少因为什么事情哭，就我的回忆而言，多数是因为我的奶奶。

我坐在床上，回想起了很多事情。

贫苦其实是很可怕的，这是我从小就知道的。当别人在讨论寒假要去海南度假的时候，我只能穿着单薄的布鞋和打了补丁的袜子，努力活动着自己的脚趾，期望它们可以快点暖和起来。

我从前是很讨厌冬天的，因为太冷了，布鞋在冬天撑不住，脚趾会冻得又冷又痛又痒。

暖和又漂亮的加绒长靴是只能在过年的时候撑门面穿的。

我喜欢下雨天，喜欢下雨天空气中清冷的水雾弥散的气息；但我又不喜欢下雨天，因为我没有一双防水的鞋子，所以每个下雨天我的袜子都是湿漉漉地贴在脚下，脚趾稍微活动一下，都好像能牵扯出黏腻的霉丝来。

她固执地认为经常洗头发不好，所以只准我一个礼拜洗一次头发，一个礼拜换一次衣服。

贫穷，成绩差，不爱干净，丑陋。

这是小学时贴在我身上的标签，我时常要忍受那些讥讽的目光，还有口无遮拦甚至是恶毒的话语。

男孩子一看见我，就会嬉笑与怪叫，互相推搡着，毫不掩饰地表达恶意。

“哇，她真的好丑。”

“她爸妈得长成什么样子？”

如果有男孩子做我的同桌，那他们便会觉得这是天大的侮辱，是十分丢脸甚至是羞耻的事情，所以可以一点也不犹豫地将我的书包丢到垃圾桶旁边。

但与此同时，他们亦可以对班上漂亮的女孩子轻声细语，虽算不得多么绅士，但总是会带着一种唯恐伤害到对方的小心翼翼。

故而我很讨厌男孩，我从小便知晓，他们的恶劣更加毫不掩饰，不容辩驳。

如果说校园的生涯被称为“困难模式”，那在小区里的生活就应该称之为“地狱模式”。

我从来不相信孩子是天使，一点也不。

因为他们可以一边在家长面前笑得眉眼弯弯又甜又可爱，一边装作若无其事地在家长面前把做过的坏事全部推给我，然后把自己择得干干净净。

逼迫我做不喜欢的事情，拿孤立我作威胁，逼我去偷东西。

我回家诉说我的苦闷，可她只是沉默了一会儿，然后对我说：“别人家家里人多，我们家人少，你不要跟他们计较，能忍就忍了。”

我相信了她，但只是事与愿违。

忍让并不能让别人不再欺负我。

就算说出去也没人会相信我，因为所有人都觉得我是个满口谎言的只会带坏其他小朋友的坏孩子。

当时我还很小，说起来谁会相信，一个不到十岁的孩子会十分认真地思索自己的死法。

但是跳楼太痛，死了倒好，没死的话就会半身不遂，太惨了。

我又想，我死了谁给爸爸、爷爷和奶奶养老，遂放弃。

好像有点扯远了。后来二年级的时候爷爷出车祸变成植物人了，我没什么人管，姑姑会每天回来做饭，我就一个人自己哄自己睡觉。

现在的我总是疑心小时候的我有很长一段时间精神状态是不太好的，所以我才会经常一个人在家的时候听到天花板传来的歌声。

在我跟着哼唱的时候，就会发现那歌声就是我自己的声音。

我活得断断续续，迷迷糊糊，应该算不上太好。

后来在我四年级的时候爷爷去世了，我对他的记忆其实已经很模糊，在我心中他一直是那个严厉而不苟言笑的人。

我本来以为自己不会伤心，因为时间太过久远，那些回忆逐渐被揉作一团模糊不清的影子，对他最深刻的印象竟是他躺在床上，紧闭着眼，一动也不动的模样。

但看到他尸体骨瘦如柴的时候，我却很莫名地泪如雨下。

那种盛大而澎湃的恐慌，迟缓又凶猛地一点点溢满我的胸膛。

我终于意识到，他并不会回来了。

其实奶奶一直是个要强并且专横的人，她没什么文化，骂起人来气势汹汹，恶毒又尖锐，专挑你心底最柔软的那一块扎刀。

她好像很矛盾，一边总是不断地跟我强调她对我有多么好，她付出了多少，一边又恶狠狠地骂我是个养不熟的白眼狼。

我渐渐长大了，到了叛逆期，开始厌恶所有这一切，包括我自己。曾经遭受的那些事情让我并不相信这个世界。

而学校里与生活中遭受的那些，我也已经不太愿意和她说，因为知道说了也没有任何作用，她亦不会主动来过问。

于是我们交流越来越少，一天的对话甚至不超过十句。有时候我觉得她可能也对这样的情况感到意外而手足无措。

渐渐地，她开始不爱叫我的小名了，而是用十分生疏的“喂”“你”这样的词代替。

可笑的是，我们唯一一次长篇大论的沟通，竟然是在吵架的时候。

有一次我洗澡时不小心将肥皂掉进了厕所里。

她对我破口大骂，一遍又一遍地大声咒骂着我。

我终于克制不住心底汹涌的情绪，哭着质问她：“你真的想逼死我你才开心吗？”

她愣了愣，几乎是没什么犹豫地脱口而出：“那你现在去死，你死在外边，千万别死家里，脏了我的地。你看我会不会去给你收尸。”

如果我家是六楼，那么在那一个瞬间，我会毫不犹豫地从窗口一跃而下，即使身体会四分五裂，流出殷红的鲜血。

在很长时间里，她生气时刻薄的口吻让我坚信，这个世界上是没有人喜欢我的。

如果每个人都是带着别人的希冀而出生的话，那么我一定是那个上帝不小心遗漏的错误。

我的叛逆期持续了整个初中，我厌恶一切，整个世界，包括我自己。

我总恶毒地希望着自己在她面前毁灭掉，然后默默揣测着那时她的反应。

我并不在乎自己会如何死亡或者是逝去。

她最近几年身体不好，病得不轻，夜里时常疼得翻来覆去也睡不着。可即使这样她也固执地不肯去医院，也固执地会在我每个礼拜五回家的时候给我烧鸡腿吃。

其实鸡腿一点也不好吃，放久了有股不新鲜的怪味，吃了还会肚子疼。我每次吃了几口就不肯吃了，古怪又黏滑的口感总让我想到一些充满腥气的软体动物。

每到这个时候她就看着我，然后问我为什么不吃了。

我只能推辞说是没胃口。

她看着我，沉默了很久，像是从来不认识我一样。

我恍惚地想起来，不知是哪一天她做了道番茄炒蛋，兴致勃勃

地喊我吃饭。

我吃了几口就兴致缺缺地放下筷子了。

她问我为什么不吃了。

我说因为我不喜欢吃番茄炒蛋。

她又沉默了很久：“我记得你小时候是很喜欢吃番茄炒蛋的。”

我敷衍地笑了笑：“哦，人总是会变的嘛。”

上小学的时候，学校指定我们要去某个电影院看电影，她带着我去，因为学生免票，大人不免，她舍不得三四十块一张的电影票，就在门外站了一场电影的时间。

我出来以后，她问我电影好不好看。

其实我没有看电影演了什么，因为它是黑白的，画面也很模糊，与其说是电影倒不如说是纪录片，还是小学生最不喜欢的革命类题材。

我在小区里经常受人欺负，连同她也一并被那些家长看不起，那些人明面上从来不说什么，每次遇见她却会摆出一张冷脸。

等她走了之后，又会露出点讥诮的神情。

她知晓那些人不喜欢我，亦不喜欢她。

她却从来不说什么。

我根本不知道她病得那么重，病得快要死了。我知道她不想去医院是为了省钱，是想给我攒学费。我劝了她，可她很固执，不为所动。

当我多说几句，她便会流露出十分不耐烦的神情。

住院要花很多钱。她这样说。

她去年身体也不好，有一天躺在床上，忽然对我说："我最大的奢望就是看到你结婚，有个人好好照顾你，那个时候我就放心了。"

今年她躺在病床上，癌细胞已经压迫到了神经，所以声音微弱而嘶哑，可她还是轻轻喊我的小名，小声对我絮絮叨叨："你以后一定要找个对你好的，可以照顾你的。现在不要谈恋爱，要好好读书。"

一个礼拜前，她躺在病床上对我说："我攒了点钱，给你留了几年的学费。以后你姑姑会好好照顾你的。"

医院不收她了，癌症晚期，年纪大了不能化疗，癌细胞病变的地方很危险也不能开刀，医生建议保守治疗。

她回家了，时常是昏睡着的，精神并不好。大概在某个昏暗的下午，她醒了，然后对我说："等我死了之后，床你不要丢掉，毛毯也不要扔掉，你可以把上面那层布拆掉。我死了之后也绝对不会害你的，你不要害怕，我会保佑你。"

我知道那是因为她觉得毛毯和床都很贵。

我沉默了一会儿，鼻尖发酸："你不要这样说，我不喜欢听到这些。"

她想了想，又说道："不过我到时候应该会死在医院里，没事。"

她总是这样，想到一点，就交代一点。

我知道她也不想死。她每天喝药会吐，吃饭也会吐，瘦得只有一把骨头，可她还是坚持吃药，坚持治疗，很努力地想要活下去。

姑姑想要她去另一家医院试试，因为她有心脏病，现在又得了癌症，身体很差，不吃东西，身体只会越来越差，所以让她去医院挂葡萄糖。

可她不想去，姑姑便很有耐心地哄她。

我知道她很讨厌医院，讨厌医院的消毒水味，以前住院的时候她曾经偷偷跟我讲过，邻床的人死了，她晚上一个人睡在床上很害怕。

姑姑跟我说癌症是很痛的，所以她每天都要吃好几片止痛药，有一天止痛药吃完了，礼拜天医院卖药的地方不开门，她疼得额上都是冷汗。

可我问她痛不痛，她还骗我说不痛。

她去了新的医院，然而病情却不容乐观。

如同无法挽回秋日里逐渐凋零的枯叶，我亦无法拯救她日益虚弱的身体。

她愈来愈不爱说话，吃不下饭，人也十分没有精神。

我看见她瘦了许多，两颊都深深地凹陷下去，大腿几乎要同小腿一样细。

我很害怕，因为这让我情不自禁地想起了从前躺在病床上的爷爷。

“你觉得我会好起来吗？”她问我。

我说：“会的。”

她却摇了摇头，很平静地对我说：“不会好起来了。”

“谁说不会好起来的？”我这样讲。

她就很小声很小声地说：“我自己说的。我自己的身体我自己知道。”

有时候我真的会很痛恨自己的无能为力。

刚刚知道她得了癌症的这个消息时，我哭了三四个小时，还要拼命压抑自己的哭声不让她听见。

哽咽压在喉咙里，连呼吸都显得累赘而沉重。

我这几天时常想起很多事情，想起她住院了，我每个礼拜去医院探望她。

她虚弱地靠在枕头上，看见我来之后就对我小声说：“柜子里有西瓜，你吃吧。”

“我不用。”

“桌上有柚子。”

“不要。”

“你吃饭了吗？”

“吃了。”

“穿短袖冷不冷？”

“不冷。”

然后她就不说话了，好像想不出什么应该说的话了。

我也只会沉闷地坐在一旁，一点话茬也想不出来。

本来我该有许多事情说的，开心的事情、不开心的事情。

可仔细想想，我所遇到的大多事情都零碎而微不足道，即使说出口了，也显得没有意义。

无论我什么时候去，她总会跟我重复这样的话：

“柜子里有水果，你去吃吧。”

“柜子里有八宝粥。”

“你要不要喝水？”

“你吃饭了吗？”

“一个人在家害怕吗？”

好像我是来做客的。

我想起我根本还什么都没有做。

我总以为自己有很长很长的时间，可以慢慢长大，可以让我学会怎么样和家人相处，怎么样撒娇，怎么样做一个温柔的人。

可当我看到她蜷缩在病床上，即使裹着被子看上去也只有那么小，那么小一点，当我看到姑姑不得不用假发片挡住自己倏然冒出无数白发的刘海时，我知道，不行了。

没有时间了。

生活真的很苦，每个人都要努力活下去。

其实还有很多没说的，比如我爸爸常年不在家是因为他是个吸毒犯，在戒毒所里强制戒毒。比如我妈妈很少出现，是因为她在很早以前就和我爸离婚，跟别人在老家生儿育女。

比如我真的很孤独，很恐慌，不想一个人长大。

我总希冀着这个世界上会有奇迹发生，然而我并不是主角，奇迹也与我无关。纵使万般不愿意，在昨天的下午，一个天气并不明朗的阴天，她还是走了。

消息来得太突然，我甚至没有来得及见她最后一面。

亲戚悄悄告诉我，她不想死，因为觉得我太小了，怎么能一个人照顾好自己。

不如意事常八九，生死由命。

我什么也做不了，只是觉得一切犹如大梦一场，令人难以喘息。

—— 曾以为走不出的那些日子，现在都回不去了。

传说中的“农村少奶奶”#

可怕的是，父母终究会百年归去，她的脾气不改，丈夫未必能爱她一辈子，她又缺乏谋生的技能，她所拥有的美貌优势终有一天会因为年龄渐长而失去。

我觉得我的表妹可以称得上是农村少奶奶了。

她出生于 1998 年，是我姑姑的小女儿。我的姑姑对待外人非常强势，但对自己的两个女儿都极尽宠爱，以至于到了溺爱的地步。比如，在饭桌上如果表妹爱吃某道菜，我的姑姑不仅支持她把菜盘子拉到自己面前，甚至还要夸奖说：“我女儿真棒，知道吃好东西。”因此养成了我表妹这样的习惯，出去做客，不管去谁家，她想吃的菜，根本不顾忌旁人要不要吃，喜不喜欢吃，直接放到自己面前。所以还在读小学的时候，我最讨厌她来我家，看到她那样不礼貌的行为也只会默默忍着，谁让人家是客人呢？

作为一个农村女孩，爸爸妈妈对我的教育还是很重视的，所以我在学校里一直以来的成绩都还不错。（虽然最终只是考上了一个普通本科，不过考虑到我们村里从没有出过大学生，已经算不错了。）小学的时候，姑姑一直跟表妹说，要多向我学习。她那个时候成绩也还不错，我就时常关心她的成绩，她有什么不懂的我也都会教她。我以为她最终会和我一样，按部就班地读初中，读高中，上大学。

后来我去市里面读高中了，在校住宿，很少回家。表妹也读了初一，我回家从妈妈的口中断断续续得知她的消息。

她的成绩一落千丈，平时不再把心思放在学习上，而是和一些比较有社会气的孩子一起玩。某次见面，她跟我说起班上有哪些男孩子追她，她的姐妹团怎么跟老师对着干，她们怎么报复那些欺负她们的人……她变得陌生起来，我一时语塞，竟无言相对，只能劝她多放些心思在学习上。

再后来听妈妈说起，就是她退学了。因为她的班主任苦口婆心劝她不要早恋，打了她一巴掌。她十分愤怒，就退学了，彼时应该就是她读初二的时候。

她选择退学，姑姑竟然只是草草劝了两句，便说随她去吧。我实在感到震惊。我以为姑姑很重视教育，希望她将来能够出人头地的，眼下却连义务教育都没有完成。

她辍学以后，就出去打工了，去的大概也是工厂之类，听说她吃不了苦，不出几个月就回家了。回到家以后也并未找过工作，每天只是跑出去和小姐妹们厮混。

再之后，我便听说了她怀孕的消息，实在令人震惊。彼时的她还很小，连比她大两岁的我，也都尚未成年。未婚先孕在农村实在是有损名声的事情，她家趁着她肚子还没大起来，紧赶慢赶地操持了婚礼。她的婚礼我以学业繁忙为由没去参加，我怕尴尬。她结婚的时候她的同学们正在中考。

男方是她亲姐夫的朋友，比她大八岁，大概是个建筑工人，在农村老家盖了一间房子，有一辆小汽车。听姑姑说，这个男孩很勤奋努力，会赚钱，看上去她似乎对这门亲事很满意。

后来这一胎意外流产了，没过多久她又怀上了第二胎，生了一个女儿。小女孩嘴巴十分伶俐，很像小时候的她。

她结婚之后仍旧住在娘家，说是男方入赘。从出生开始，她的孩子一直都是姑姑在照顾，她换下来的衣服永远不洗，也从不给家里人做一顿饭，哪怕她整日里无事可做。她的生活和没结婚没有孩子时并没有什么两样，还跟从前一样出去厮混。

她的孩子大概是她朋友圈里的摆拍利器，供她营造出一副好妈妈的模样。可实际上她从未为孩子尽过一丝做母亲的责任，毕竟，她自己还是一个孩子啊。

家里人给她安排了工作，是花店收银员之类的工作，她没有做超过一个月的。她靠着她丈夫养着，心安理得。

她和她老公的相处模式颇像时下流行的“女神”和“舔狗”。过年时候，男方来我家这边拜年，酒桌上觥筹交错，她不像一般人那样劝丈夫少喝酒，而是直接夺过酒杯，大声训斥他，弄得场面十分尴尬。这样的事情还有很多，坐过他们家车的嫂子跟我说起过，她在车上当着嫂子的面毫不顾忌地骂她老公，用词十分难听，说他没用之类。这样不正常的夫妻相处模式，我担心她的婚姻能否长久。

大概是前年，偶然间遇见了她，才知道男方要跟她离婚。她年纪轻，孩子心性，不肯安分地做别人的太太，认识了一些外面的男人，男方知道了，实在受不了。

不过最终也没有离成，具体原因不得而知。去年他们来拜年也是一家三口一起来的。我一直不知怎么称呼她的老公，叫妹夫，人家比我大好几岁，叫哥哥也不合适，后来妈妈让我叫老表。

她的女儿在上幼儿园，古灵精怪，大人们喜欢逗她。我却发现了这孩子的问题，像她妈妈一样，对零食、玩具之类的占有欲极强，甚至把我堂哥家的小侄子打哭了。不知道这个孩子在她妈妈的教育方式下会变成什么样子，也不敢想。

姑姑似乎对自己两个女儿的现状很满意，她给我表妹带孩子，有时候去看我表姐。其实我这位表姐也是未婚先孕，结婚时婚纱已经遮不住肚子了，嫁过去之后公婆不尊重她，丈夫也对她不好，实在可怜。

她们姐妹俩长得都很好看，尤其是表姐，从前十分精致，头发“黑长直”，穿得也很洋气。去年过年时，看她的样子倒成了土里土气的妇女了，真的十分可惜。

“农村少奶奶”一般的表妹便是我姑姑教育失败的产物吧。如果丈夫永远疼她爱她，我倒也不必为她担心。可怕的是，父母终究会百年归去，她的脾气不改，丈夫未必能爱她一辈子，她又缺乏谋生的技能，她所拥有的美貌优势终有一天会因为年龄渐长而失去。

我还害怕，她对孩子的教育会走上姑姑的老路，溺爱她就是害她啊。

—— 曾以为走不出的那些日子，现在都回不去了。

贫穷有多可怕

作为普通民众的我们无法理解超级富豪的行为，超级富豪也无法理解普通民众的行为。同理，普通民众也无法理解赤贫者的行为。

本人是基层小法医。

2009 年初夏的一个中午，我们接到派出所的一个电话，说他们辖区发生一起投毒案件：一家人中毒，女主人死亡，儿子正在抢救，而嫌疑人竟然是女主人的亲生女儿！

我和王队驱车赶往现场。因为事发派出所的辖区有很大面积在山区，路很不好走，到派出所时已近黄昏。

我们在派出所见到了这个嫌疑人，也就是死者的女儿，一个瘦瘦小小的女人，看年龄是 30 岁左右吧！

她一脸麻木，呆坐在讯问室，问什么问题都是简单说一两句，

看不出是忧是喜。

派出所的民警向我们介绍了案情：

死者 60 多岁，是家中的女主人。

中毒抢救者，40 岁，是死者的儿子。

嫌疑人 30 多岁，是死者的女儿。

今天早上嫌疑人带了祭肉到娘家。因为今天是她父亲的忌日，去年的今天她父亲因病去世。

嫌疑人做了早饭，还煮了白肉，他们一家准备中午时到父亲的坟上祭奠。

煮一锅玉米面粥，炒一点简单的蔬菜，放一起搅和，这就是早饭。

嫌疑人的母亲和哥哥吃了早饭，没多久她母亲就出现了呕吐症状，继而昏迷。她哥哥不知所措，就去找同村的一个家族的大伯。

大伯到他家后，认为他母亲是突发疾病，要送医院。大伯开着自己家的三轮车，带着嫌疑人一家三口去村里诊所。

诊所的乡村医生在很短的时间内就判断出这不是生病，而是中毒，需要马上送大医院（这个乡村医生的准确判断帮了我们大忙）。

在这个紧要关头，嫌疑人的哥哥不见了，寻找后发现哥哥倒在三轮车上，竟然也昏迷了。

一家人两人中毒昏迷，现在只有他家女儿能做主了！她却说，母亲和哥哥只是普通的身体不适，根本不是什么中毒，更不需要治疗，回家休息一下就好。当时大伯和医生都蒙了，人命关天，不能有半点疏忽，大伯决定必须去大医院。在大伯和医生送病人去大医院时，这个女儿竟然以夫家有事为由走掉了！

抢救结果前面已经说过了，女主人死亡，她儿子正在抢救。

连续两个人中毒，而身为他们至亲的女儿却反应怪异，乡村医生觉得此事蹊跷，就报了警。

派出所民警立刻去找死者女儿，发现她根本没回夫家，而是在死者家中，若无其事地喂鸡！遂将其带到派出所。

案情很简单。毫无疑问，死者女儿的嫌疑最大。

原因有五点。

一、早饭是女儿做的。

二、只有女儿没吃早饭。

三、发现母亲和哥哥中毒后不愿抢救。这点也是最可疑的一点。

四、从犯罪心理上来说，投毒案多为女性所为，因为女性体力远弱于男性，实施犯罪更多采用间接形式。

五、女儿与母亲、哥哥长期关系恶劣，有作案动机。

这第五点需要说明一下。

很多年前，女儿在外打工期间和一个外地男子相恋，马上就到了谈婚论嫁的程度。年轻人嘛，两情相悦。

可是女儿的父母不同意这门婚事。为什么？因为他们的儿子还

没结婚。

在农村，特别是贫穷的农村，男子娶妻是非常困难的事。原因一方面是掏不起高额的彩礼；另一方面是根本就没有女孩子愿意嫁到这贫穷的地方。

男子要想结婚，惯用的办法就是父母收高额的彩礼把自己家的女儿嫁掉，然后用嫁女的钱为子娶妻。

于是女儿的母亲谎称女儿的父亲病重，将女儿从外地召回，然后软禁起来，强迫她嫁给了一个比她大十几岁的男人。

原因只有一个，就是他们收了这个男人的彩礼。

了解案情后，因为考虑到天色已晚，我们分成了两组，一组去医院了解情况，一组去死者家中。

从镇上到死者的家中还有一段距离，并且都是山路，还好有一条小路，警车能直接开到村子里。

这条小路是在 2000 年左右修的，因为这个村子附近的山上发现了某种矿产，后来矿业公司修了一条入村的小路，山里的村民才有机会了解外面的世界。

死者的家在半山腰，家中有三间用泥土板筑的小屋，两大一小，没有围墙。两间大屋都是卧室，小屋是厨房。

对于投毒案件，现场勘查非常重要，因为这类案件很难取证，在不了解毒物成分、毒物来源的情况下只能在案发现场大范围提取检材。

死者饮用水的水源、家里的米面、调味料、死者的早饭、呕吐物、有可能接触的物品，甚至是屋内的空气，都要取样。

简单看完了现场，我们又发现了新的疑点。

最重要的物证，即死者吃的早饭不见了，并且锅是刷过的，一点剩饭都没有。

这就太奇怪了。按照嫌疑人叙述，死者早饭吃到一半时出现中毒症状，马上施救，应该有大量剩饭才对。

这时我们想到，派出所民警找到嫌疑人时她正在喂鸡。

喂鸡！鸡呢？

认真搜索后，我们在一间屋子后面发现了十余只鸡，不过已经全部死掉了。

这一发现对死者的女儿非常不利。因为她不肯送她母亲去医院，找借口回家就是为了消灭证据，她把有毒的剩饭清理干净后喂鸡，结果鸡也毒死了。

所有迹象都指向了死者的女儿就是凶手，但是现在缺乏最直接的证据，即毒物的来源和下毒的方法，而这些证据就只能靠嫌疑人供述了！

晚上我们就住在了当地小镇上，派出所的同事们要辛苦了，他们要连夜紧急突审嫌疑人。

次日早晨，我接到了王队的电话："不出意外的话，案子破了！"

王队是昨天去医院的那一组。

我问："嫌疑人招供了？"

王队："不是的！是嫌疑人的哥哥救活了。这个案件很有可能就是个意外。"

嫌疑人的哥哥被救醒后，通过办案民警得知他母亲已中毒死亡，他马上就想到有可能是盐的问题。

他叙述道，两天前他到村子的街上购物，路过某矿业公司时看到旁边的垃圾堆里有个棕色的瓶子，上面写着某某盐，打开瓶子里面果然是白花花的细盐，用指头尝了一下，咸的！

他虽然也怀疑盐有问题，可他存在侥幸心理，贪图小便宜。他将这瓶盐倒到自家盐罐，将瓶子丢弃到家不远处的河边。

根据嫌疑人哥哥的叙述我们果然在河边找到了那个棕色的瓶子，瓶上书：亚硝酸盐。

亚硝酸盐是啥东西？是有毒物质哇！样子和食盐一样，白色颗粒，味道也是咸的。常见的是亚硝酸钠，用作食物防腐剂和实验室试剂。

经调查，这瓶亚硝酸盐是矿业公司实验室的。

矿业公司随意丢弃剧毒药品，被一个贫穷的半文盲状态的人捡到，他只认识瓶子上那个盐字。拿回家当食盐用，毒死了亲妈，自己也差点丧命，还害得妹妹身陷囹圄。

案子到现在也调查清楚了。但是既然死者的女儿不是凶手，那么她的种种反常举动该怎样解释呢?

现在很流行一句话——“贫穷限制了我的想象力”。

作为普通民众的我们无法理解超级富豪的行为，超级富豪也无法理解普通民众的行为。同理，普通民众也无法理解赤贫者的行为。

其实换位思考一下就很好理解了，所有的一切都是因为两个字——贫穷!

女儿做饭但她没吃，是因为无论在丈夫家还是在娘家，她家庭地位卑微，按照习俗只有等到母亲哥哥吃完饭后她才能吃。

得知母亲中毒而不愿去大医院，是因为在她的世界中根本就没有去大医院的选项，有病挺一挺就过去了。现在母亲和哥哥都忽然病了，丈夫是靠不住的，她自己根本没能力，而大伯又坚持送医院，无奈之下她只能逃避。

为什么会清理剩饭喂鸡呢?常年贫困的人都极为节约，养成物尽其用的习惯，这种习惯刻入骨髓。她虽然知道剩饭可能有毒，但认为人不能吃总可以喂鸡，总之不能浪费!没想到鸡也全部死掉了!

以前听人说贫穷是最可怕的癌症，让人丧失人性、麻木不仁，确实是这样。

今晚值班，写完文章一看，竟然凌晨一点多了!

更新：

有的朋友说看过之后心里很难受。可能是因为职业的原因，我看惯了生离死别，有点麻木，没想到这个故事可能过于阴暗，会使大家感到不适，在此向各位同学道歉！

解释几个评论区的问题。

第一，有人质疑这个案件是否真的是意外。

有的人说，可能女儿在外打工期间就认识亚硝酸盐并且知道有毒，见到哥哥误捡后，就顺势毒杀母亲和哥哥。

有的人说，可能女儿的男朋友就在矿业公司，他们设计利用哥哥爱贪小便宜的特点，在哥哥回家的路上放置亚硝酸盐，故意让哥哥捡去，以便毒杀他们母子。

有的人说，其实哥哥和妹妹真心相爱，但是迫于伦理不能在一起，哥哥设计毒杀母亲，为了摆脱嫌疑，自己也吃了一点。

你们的脑洞确实丰富了我的想象力，你们对案件质疑的精神也非常可贵。

虽然你们怀疑了很多人，但是有一个人，我在评论区没见过有任何人怀疑。因为他的一个行为非常可疑，当初是被当成第二号嫌疑人调查的。

喜欢开脑洞的朋友不妨猜一下，答案会在本文最后公布。

第二，有的朋友说，哥哥捡到亚硝酸盐的瓶子，然后尝了一下，为什么没中毒？

其实任何所谓的毒物都有一个剂量的问题，撇开剂量谈毒物都是耍流氓。

亚硝酸盐致死量约为 3 克，中毒量约为 0.3 克。

哥哥用指头沾几个颗粒尝了一下，远远达不到致死量。

其实亚硝酸盐被用作食物防腐剂，在方便面、各种小零食、腌制食品、剩饭中广泛存在。

为啥吃方便面没中毒呢？还是剂量问题！方便面里的亚硝酸盐含量远低于中毒量。

第三，有人质疑为什么棕色的瓶子上写的是亚硝酸盐，不应该是亚硝酸钠或者亚硝酸钾吗？

能问出这个问题的朋友一定是学化学的，你们的实验室一定是科学规范的。可是现实中有的实验室可能就一张桌子上面放几个瓶子，也许操作人员连初中都没毕业。

矿业公司听起来高大上，实际上有很多小的矿点，就是一个洞口，外面搭几间简单的板房。

瓶子上能贴上标签，用手写上“亚硝酸盐”，已经是非常认真负责了。

我在物证室见到过一袋氰化钠，是清查车辆时缴获的。

氰化钠是剧毒，毒性比亚硝酸盐更强，是严格管制物品。

这袋氰化钠用编织袋包裹，袋子外面用记号笔写着“青化娜”。

现实中不要苛求每个人都是化学家。

第四，有人问矿业公司有责任吗？

当然有责任。最后矿业公司赔偿死者家属一大笔钱。

第五，有人问，如果哥哥没醒，妹妹会被冤枉吗？

这是个很复杂的话题，篇幅有限，不做假设性推测。

最后说一下二号嫌疑人。

当时那个二号嫌疑人就是救人并报警的乡村医生。

为什么呢？

因为这个乡村医生在很短的时间内就判断出是中毒而不是生病。

要知道毒物有成千上万种，中毒后的症状也千差万别，就算把含有毒物的检材送到实验室，也需要一种一种毒物排除。

连什么毒物中毒都不知道，怎样治疗？

他一个小小的乡村卫生所，没任何仪器设备，没抽血，没化验，凭什么就能快速肯定是中毒而不是生病呢？

除非医生事先就知道他们是中毒，那他就非常可疑了。

不过调查之后，我们很快排除了医生的嫌疑。

我们问医生："你怎么通过症状知道这对母子是中毒的呢？"

医生说："管他什么症状，把他们的呕吐物喂鸡，鸡死了，那就是中毒！管他什么东西中毒，先把胃洗了再说！"

说得好有道理，我竟无言以对！

后来反思，为什么我会觉得医生可疑呢？其实还是思维方式的问题，站的立场不一样。

我是法医，我关心的是案件，关心的是如何收集证据，要弄清楚毒物是什么，投毒的方式是什么，心血管中毒物的含量是否达到致死量。

但是医生他思考的是治病救人。时间就是生命，不管什么毒物，先把胃洗了，人救活再说。

还是那个道理，就像穷人无法理解富豪的思维方式一样，因为思考问题的立场不同，我当时也无法理解医生的思维方式。

最后特别说一句，真的特别感谢这位可敬的乡村医生。如果不是他准确地判断，及时把人送到医院治疗，哥哥可能真的就死掉了，同时毁掉的可能还有妹妹的一生！

—— 曾以为走不出的那些日子，现在都回不去了。

道德绑架

我就是在维护我消费者的权益。如果在这种情况下，还要在意“宽容”这种事情，那谈什么维护权益？

有一次，我跟朋友一行六人在黄州看演唱会。人挺多的，我们中途去洗手间了，回来的时候见工作人员把围栏关了，我让她打开，她语气特别不耐烦地说：“站外头看也是一样的，进去也看不见，没必要进来！”

我当时穿高跟鞋，很累，就想进去坐会儿，我说：“我有票，我要进去！”

对方还是语气很坏地说：“你这小姑娘怎么就说不通了，都说了看不见看不见，打开围栏有什么用！”

我：“你管我看不看得见，我花钱买票了，你凭什么让我站在外面，我是没票吗？”

工作人员一边说着骂人的话，一边给我开门。我进去的时候有一个门槛，然后她又推我，结果我摔倒了。于是我一下子就爆发了，指着她大骂，把她骂我的话全说一遍，然后要求主办方派人过来，最后我要求去三甲医院做全身检查，而且必须由工作人员掏钱！我各种为难她，因为在这个过程中，她还在对我骂骂咧咧的。

刚开始主办方说让工作人员道个歉，然后说我检查也做了，到底想咋的！

我也很凶，我说：“你们酒厂（主办方是某知名酒厂）就是这个态度，那别怪我请媒体报道了，你们包庇这种人！”

主办方也害怕把事情搞大，就一直说工作人员多么不容易，一个月工资没多少，家里老老少少的……

我还是不想让步。最后我不找他们了，带着全程的录像闯到老板办公室。结果就是，工作人员赔我 3000 块，并且被开除，主办方送我八箱酒！

但是我说：“不是送，是赔！是你们赔我的！”

演唱会的艺人（某出道多年的华语男歌手）说让我留个联系方式，下次演唱会免费送我两张门票。

这期间工作人员一直在说我，在没人的时候指责我，说她多不容易。

我是消费者，我花了钱，我该享受到演唱会的所有待遇，我还

不能进去了？换句话说，进去就算什么都看不见、听不见，那是我自找的，她有什么资格不让我进去呢？我是一个消费者，我在维护我自己的权益，我凭什么因为她的愚蠢来委屈自己？害她丢了工作很过分？那我有票，就出去上个洗手间的工夫，把门关了不让我进演唱会的门，我就活该在门口待着？再说，她家庭条件不好，难道不该更珍惜工作？

她要是真的家庭条件不好，就应该在我投诉的时候把态度放好点，那样我还会看在态度好的分上不追加投诉。可她并没有，而是站在道德制高点来“绑架”我，我又不是“圣母”，必须体谅她工作的不容易。

至于酒厂赔我酒，为什么要说成“送”？如果是跟我关系好，说“送”我能理解，但这是在他们有错的情况下赔偿的，不是吗？“送”是他们觉得自己没有错，想息事宁人，拿酒堵你的嘴。而“赔偿”，才是表达他们工作人员对我的所作所为的歉意！这是一个态度问题！

在去医院的时候，我跟那个工作人员有一段对话。

工作人员：“你明明就没有事，来医院干什么？你自己非要来，我可不会出这个钱。”

我：“如果不是你推我一把我就不会来医院，这钱就得你出。”

工作人员：“小姑娘年纪轻轻说谎话张口就来，脸不红心不跳的，小心老天爷听见了，惩罚你以后都生不出孩子。”

我:“你以为你生了孩子就很厉害?看你这个样子,你孩子也好不到哪里去。”

工作人员就开始攻击我父母。

这期间警察叔叔过来调解:“你这人说话怎么这样?人家姑娘摔地上,要是得了脑震荡什么的怎么办呢?你这样说话就不对了。”

又转头过来说我:“你也是的,跟一个老人计较这么多干什么,你现在年轻,体会不了老人上班挣钱不容易,以后你到了这个年纪就会知道了。你妈妈应该也是这个年纪的,你想想要是你妈妈这样被别人‘碰瓷’了,你怎么办?”

我:“我母亲是退休教授,为人很有修养,也不会像她这样出口就是恶毒的语言,而且我这也不是‘碰瓷’。”

主办方负责人来了以后,警察叔叔说这是民事纠纷,让我们自行协商解决。

接下来切换到演唱会现场协商的场景。

主办方一开始就道德绑架,让我体谅工作人员的家庭情况,不要追究。工作人员开始哭诉,说自己家里有瘫痪在床的老人要照顾,自己老公不争气,小孩还要读书,如果丢了这个工作,她小孩会没饭吃,会在学校抬不起头,她一家都会恨我一辈子。

听完我只说了一句:“你家庭情况如何,跟我没关系,我不会因为你的家庭情况而受委屈,我也不会因为你的家庭原因,就让你

羞辱我的父母。”

我是一个是受害者，我摔倒还不能要求去做检查，这种情况下，就一个道歉敷衍了事？要不然你站我面前来，我抽你两下，对你说不好意思打错人了，你要追究的时候，我再说我家里情况多么困难，给你道个歉就完事了。过程中我还在旁边一直骂你，说你“不宽容”。你愿意宽容吗？

我就是在维护我消费者的权益。如果在这种情况下，还要在意“宽容”这种事情，那谈什么维权？有人违法，法律会因为嫌疑人的家庭困难判决无罪释放吗？

这样羞辱我家人的，我只会在维护我的合法权益基础上，把她“盘”到最惨。

—— 曾以为走不出的那些日子，现在都回不去了。 

感染艾滋病是怎样的体验

“我没办法像普通人一样，和你谈恋爱了。”

前晚，前男友找回我，和我聊了几句日常。

然后他说他感染了，最近已经开始吃药了，最后他说了句对不起。

看到这句话的当下，我脑子顿时一片空白，完全想不到要回他什么。

就像突然有一个定时炸弹绑在我身上一样，我知道我“死定了”，所以立马就预约了第二天的检测。然后一晚上我都彻夜未眠，像守着颗炸弹，慢慢地去等待这个炸弹炸开的那一刻。

第二天一早上，我就去了我那个城市的检测点做检测，有 4 个人同时去做检测，我是最后一个。他们一个个很快检测咨询完，出来都是满脸的释怀。我看着他们检测点的 logo 发呆，突然有种侥幸心理。

“可能我也会像他们一样是没事的吧，应该没那么倒霉吧我？可能我会没事吧？”

终于轮到我了，一个咨询师领了我进去，拿着一个盒子和一张详情表。

他问了我一些问题，我有点焦虑不安，回答了几个以后，我就问他：“我现在没能看到结果吗？”

他说：“等我流程走完先。”

我说：“我可能感染了，我真的很想知道结果。”

然后，他迅速问了剩下的一些问题，打开了我的那个盒子，里面是两个试剂，他看了一眼，表情僵住了。

我能看出他被结果给吓到了。

然后他很不自然地尽力控制自己表情试图让自己看起来冷静，他把盒子转给我，说：“上面这个是 HIV，两条线，表示阳性。”

盯着那两条杠，我那时候脑子一片空白，我知道，“炸弹”炸开了。

之后，这个咨询师和我说了很多，什么只是初筛而已，还没确诊之类的，还说有一些艾滋病人其实只要靠吃药就可以像普通人一样活着，包括性生活，包括生孩子，都是可以的。

但是我脑子还是一片空白，他的话仿佛就在我耳边掠过，但是就是进不了我脑子里。

离开检测中心，下楼，第一时间给闺密打电话。

我和她说："我检查结果出来了，感染了。"

她说："别怕，有我在，千万别放弃。"

我坐在了大厦外面的花坛边，抽了根烟，终于，眼泪忍不住往下流了……

哭完以后，我告诉自己，现在先活着吧，反正以后你的命都是你自己掌控了，把所有要做的、想做的事情都完成，到时候想死再去死。

我做的第一件事，是把那个前男友联系方式删掉。

我没有告诉他我的检查结果，因为我不想再因为这种事去追究这是谁的错，同时，我也同情他得了艾滋，不想他因传染给我而觉得内疚。

第二件事，我坐地铁回了学校，因为一整天都没吃过东西，我外带了一个麦当劳套餐，一个人默默地在学校的板凳上吃着汉堡，看着来来往往的人。

在我旁边路过的人们，脸上都充满了幸福快乐的微笑。我突然发现，即使现在自己外表看上去就是普通人，可是和他们在一起，我永远都不再是一个普通人了。

以前从来没有发现，做一个普通人原来是一件这么幸福的事。

所有的东西或许真的在你失去后才会懂得去在意。

终于吃完了我的晚饭，我今天做的第三件事是，约我最近暧昧的对象出来和他见最后一面。

以前都是他主动约我出来，今晚我第一次主动约他："要不要看《水形物语》，我请。"

他立刻就答应了，他似乎很开心我的主动，但是我却开始有顾虑了。

我拿好了电影票，买好了吃的（他下班立刻过来，没吃饭），在电影院等他。我们晚了 15 分钟进场，从我们见面到在影院里坐下，他似乎都没发现我有什么异样。

在影院里面，他一边吃东西一边摸我的头，我下意识就躲开了。然后他还把他喝过的奶茶递给我，想问我喝不喝，我说我不渴，不用了。

我很想和他说："我没办法像普通人一样，和你谈恋爱了。"

《水形物语》结局里，哑女清洁工最后和鱼人在一起了，整部片子里，我印象最深的场景是——

哑女和画师谈话，请求画师帮她救鱼人出来。她比着手语，带着急切又诚恳的表情说：

我在别人面前又何尝不是一个怪物，在这个世界上，我和他一样发不出声音，遇到了他，我才知道我从来没遇到过如此懂我的人。

我承认我有点自我代入了，对那些普通人而言，我从今天开始，就是个“怪物”了。

在他们的面前我又多了个秘密，在他们面前，我得隐藏自己的想法，去假装自己是一个普通人。我希望我也可以有个好的结局，就像影片里的哑女和鱼人一般。

我看着大叔侧着脸，脸上映着投影的光，他转过来笑着看着我，我突然发现他还挺帅的，可是我知道我不可以这么自私。

看完电影，大叔带我去餐吧吃东西，他环顾了一圈回来和我说：“我找不到外面的桌子，不然你就可以抽烟了。”

我说：“我没带烟。”（因为他不喜欢我抽烟，所以后面几次约会，我都没有在他面前抽烟。）

点完东西以后，他说：“你不是有话和我说吗？说吧。”

到了这个时候，我感觉我原本攒够的勇气一下子泄掉了，我现在的表情应该就和上午那个咨询师一样吧，很不自然。

他盯着我一会，终于，我从嘴边挤出了几个字来：“我前男友……昨天来找我了。”

大叔：“嗯？”

“他和我说他感染了艾滋，在吃药……我今天上午去检测了。”

大叔仿佛很吃惊地看着我。

看着他，我接着说："我中了。"

我看得出大叔现在表情很复杂。

后面的谈话他问了很多细节，也说了很多关于艾滋病治疗的积极现状来安慰我，让我要好好活着。

我装作很镇定很酷，和他说没啥的，本来没想活得多长。

他送我回到宿舍，临走时，我和他说："今天晚上是我们最后一次见面了，再见。"

他什么也没说，只是给了我一个拥抱，我没敢抱回他做回应，自卑的感觉油然而生，我知道我以后都没资格和正常人谈恋爱了。

走回宿舍的路上，我没有哭，晚风轻轻地向我吹来，我从未如此强烈觉得自己正在活着。

一边走，我一边把那几个社交软件都删掉，我知道，我现在最害怕的除了对不起爸妈，就是以后还会喜欢上一个正常人，而我并不想去害别人。

把这几件事都做完以后，我知道我要开始一种全新的生活了。

可能以后都会孤单一个人了，可能会很难熬。

可是，生活不就是这样吗？命运就是会这样那样地捉弄你，对活在当下的自己来说，人生又有什么对错可言。

更新一：

2018 年 4 月 3 日。

我这个星期开始吃药了，自己一个人去了八院做检查领药。

才发现原来 HIV 群体这么庞大，有老人有小孩，连挂号缴费都要排队……

这是我以前没感染时所不知道的事情。我看到有很多爸妈带着自己小孩去做检查的，也看到有老年患者被儿子带着去治疗的，心情真的挺复杂。

来八院的两次，都发现好多长得好好看的小哥哥。

还发现了有情侣一起来检测治疗的。

第一天吃药，晚上一闭上眼就有幻觉出现了，头超级晕，就像嗑了药一样，然后一晚上做了六七个不一样的梦。

其中一个梦是，梦见我去参加了选秀节目，然后被好多迷妹迷弟“pick”，最后靠着超高人气去报复别人，毁掉别人的人生。

对我来说，最大的困扰就是因为刚上药，不能吃的东西特别多，牛肉、羊肉、芒果、菠萝、榴莲都不能吃，好在我上药前一天把它们都吃过一遍，哈哈。

现在的我心态好多了，虽然才过去不到一个月呢，但是希望能继续这么积极地活下去，把想做的事情都做了。

更新二：

2018年7月8日。

昨夜，我梦见了自己的死亡。

梦里的我飘浮在空中，周边的建筑是一片灰色的，眼前有个我正躺在地上，眼睛保持睁开的状态望着天空，就像被摆在摊位上的死去的鱼，睁着大大的眼睛，却不再有任何表情，仿佛在麻木地观察着这个世界，这个和它不再有半点儿关系的世界。

我眼前的这个自己本来是注视着天空的，突然，他把眼睛慢慢地转向了我，然后他一直盯着我看，对我露出了奇异的笑容，那表情让我瘆得慌。

我想逃，想把视角转移到别处，却发现我根本没办法。

我从梦中惊醒过来，满头大汗，汗水把我的衣服都浸湿了。我从床上爬起来，给自己倒了一杯水，然后走去阳台点着了一根烟，尼古丁进入身体后，我立刻从刚才的恐惧中平复下来。

吐了一口烟出来，我拿起手机，点亮了屏幕。

最近每天还会有人看到我的这个帖子，在下面点赞或是评论。我进去了话题页里，看到有一条差不多是一年前的帖子在上个月更新了。

最后的更新的内容是：

“我再也撑不住，我要说再见了，要相信我是去了更好的地方。”

我不知道这个女生现在是否还在这个世上，对我而言，她可能只是一个素未谋面的陌生人，可是我却盯着她的文字百感交集，感到同情和悲伤，又觉得羡慕和钦佩。

同情她就像同情自己一般，对彼此的遭遇感到悲伤。羡慕她终于结束了这个痛苦的人生，也对她有这般勇气而感到钦佩。

我既希望她最后还是好好活着，但也希望她真的就去了更好的地方，不再有任何烦恼和悲伤。

从刚开始确诊到现在已经过去 4 个月了，我对自己生活的态度也是这样来回变化。

这 4 个月是那么地漫长，在此期间也发生了各种各样的事情。我想过好好地活着，过好每一天；也曾觉得痛苦，想自我了断，就此和世界告别。

我想起以前总有各种幻想，那是支撑我一直努力生活下去的一个念想，一个动力。

我幻想着未来我能有自己的一个家，在这个家里，我能做自己，能去爱我所爱的人。

可是，这一切幻想对我来说，仿佛都是那么不切实际，仿佛从一出生，我的命运就注定是曲折的。我总盼望着为自己而活，去努力获得改变的能力，但是我的人生却一直都是那么难，从原来的单层伪装，变成现在的双重伪装。

每天我都要靠着小药丸延续自己的生命，都要偷偷地趁着别人

不注意把药吃了，每次身上一有伤口就害怕一不小心传染给别人。

我对我自己是恐惧的，我想离我的朋友家人远远的，可我却又无法远离这个城市。

以前对未来的幻想，如今看来，真的是痴人说梦。

我吐了最后一口烟，把烟戳灭，外面的楼房还有几户亮着灯的人家。

不知道他们今夜是因为悲伤还是欢喜，才迟迟没有进入梦乡呢。

FONGHONG
凤凰联动出品